いけない

do not

道尾秀介

Shusuke Michio

いけない　目次

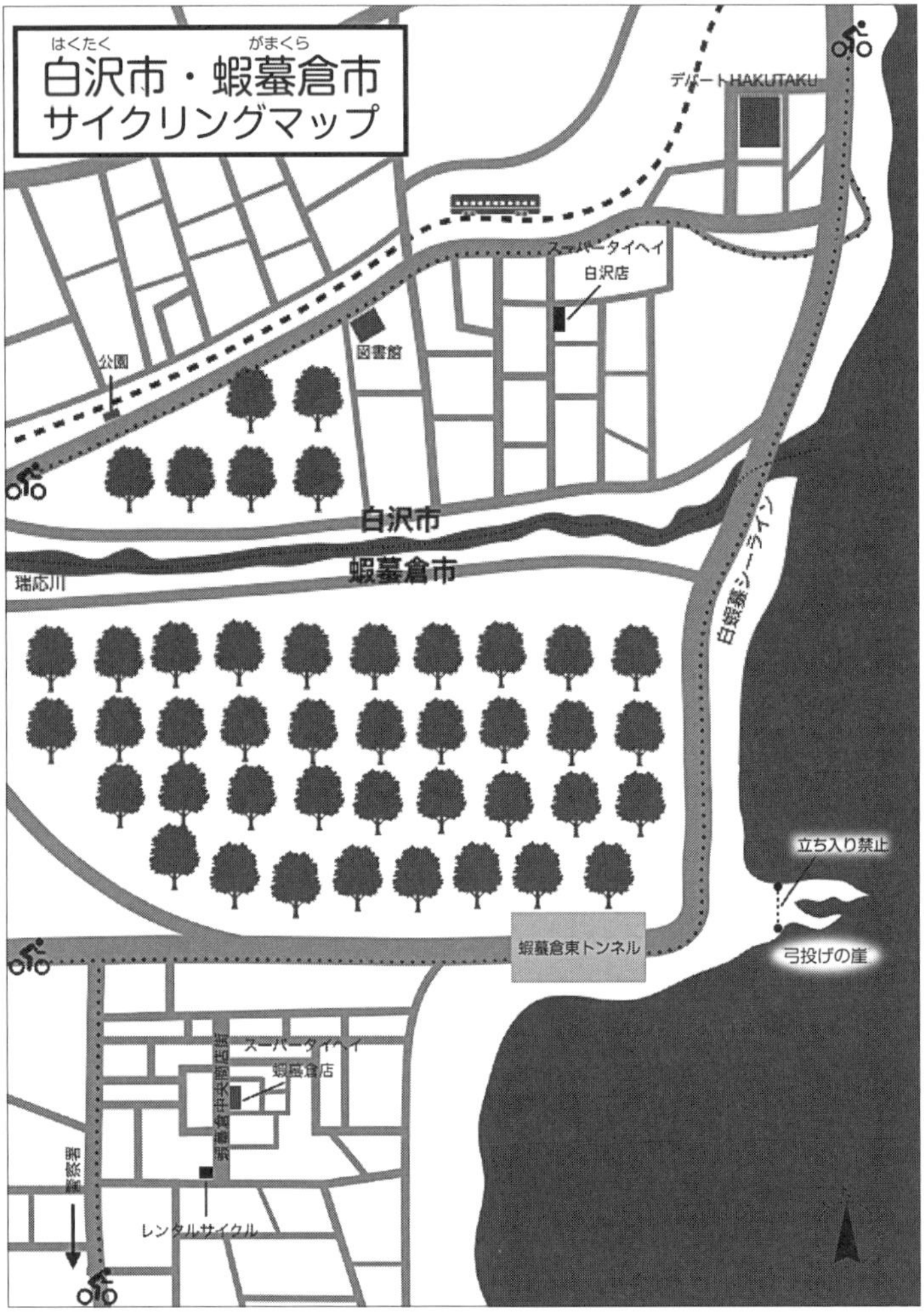
白沢《はくたく》市・蝦蟇倉《がまくら》市
サイクリングマップ
デパートHAKUTAKU
スーパータイヘイ
白沢店
図書館
公園
白沢市
蝦蟇倉市
瑞応川
白蝦蟇シーライン
立ち入り禁止
弓投げの崖
蝦蟇倉東トンネル
スーパータイヘイ
蝦蟇倉店
蝦蟇倉中央商店街
警察署
レンタルサイクル

いけない

do not

第一章

弓投げの崖を見てはいけない

（一）

誰が言い出したのだろう。

海岸線に沿って白沢《はくたく》市と蝦蟇倉《がまくら》市を結ぶ、白蝦蟇《しろがま》シーライン。その道を南下するとき、左手に現れる弓投《ゆみな》げの崖《がけ》を、決して見てはいけない。

弓投げの崖は蝦蟇倉市の東端にある断崖で、大小二つの鋭い先端が、海に向かってザリガニのはさみのように突き出している。その昔、この地域を治めていた戦《いくさ》好きの殿様が、お釈迦様に諭されて人の命の尊さを知り、弓を折って海に投げ捨てたという伝説が、名前の由来らしい。ザリガニのはさみのようなあの地形は、弓が折れたかたちなのだとか。

そんなたいそうな故事があるにもかかわらず、いまでは弓投げの崖は、地方有数の自殺の名所となっていた。語呂が災いしたのだろうか。蝦蟇倉市民のみならず、近県から様々な人々が崖にやってきては、海に向かって身を投げる。崖の上には死者たちの霊が集まっており、車を運転中にその霊と目を合わせると、あの世に連れていかれるから——決して崖を見てはいけない。

事実、この場所での死亡事故は多い。

前方の暗がりを眺めながら、安見《やすみ》邦夫《くにお》はハンドルを握り直した。走行しているのは白蝦蟇シーライン。もうすぐ左手に弓投げの崖が現れる。乗っている低級セダンは、大学を卒業して保育士となった年に八年落ちで購入したものだ。その後、蝦蟇倉保育園で働いて十年。白沢保育園で働いて十年。満二十八歳といえば、人間なら若者だが、車の場合はよぼよぼの老人だ。園児たちは「うちの車となんか違う」と素直な感想を口にし、同僚は「わびさびが感じられる」とからかう。

助手席側のウィンドウの向こうを、弓投げの崖のシルエットが過ぎていく。もちろん邦夫は崖を見たりなどせず、視線はしっかりとフロントガラスにキープしていた。

「崖を過ぎたすぐあとに、急カーブとトンネルだもんな……」

死亡事故が多いのは、霊のせいなどではない。ここからシーラインは右へ大きく曲がり、直後、蝦蟇倉東トンネルが口をあけている。そんな場所で脇見などしたら、危ないに決まっているのだ。弓投げの崖の向こうには、昼間は一直線に水平線が延び、夜は漁火《いさりび》が瞬き、その光景はたしかに悪いものではないが。

「崖を見るなら、自転車が一番」

白蝦蟇シーラインの海側には、ガードレールで仕切られたサイクリングコースがつづいている。新婚当初、邦夫も妻の弓子《ゆみこ》と二人でしばしばそのコースを走った。海風を切りながら崖を眺めるあの気分は、ちょっとしたものだった。

右カーブを抜けて蝦蟇倉東トンネルに入る。

風圧でわっとウィンドウが鳴る。

「――ん」

邦夫はフロントガラスに顔を近づけた。前方で白い光が明滅している。ちょうどトンネルの出口あたりだろうか。ハザードランプのようにも見えるが、黄色ではない。首をひねりつつ身体を戻すと、膝にのせていたデパートの紙袋が前に滑った。中身は弓子への結婚五周年のプレゼントだ。邦夫は急いで片手を伸ばしたが、遅かった。紙袋は靴とペダルの上に落ち、上体を曲げて腕を伸ばしても、シートベルトに胸を引っぱられて届かない。シートベルトのフックを外すと、ようやく紙袋に手が届いた。邦夫はそれを、助手席とのあいだ、サイドブレーキの脇に置き直した。そうしているうちに前方の白い光は接近しつつあった。どうやら、やはり車のハザードランプのようだ。ランプのカバーを白いものに付け替えてあるのだろう。もちろん違法だが、この手の無意味な改造をする若者は多い。

「故障か……？」

その車は路肩に車体を寄せきっておらず、走行車線にずいぶんはみ出したまま停まっていた。が、反対車線の先を確認してみると、対向車は見えないので、車線変更をしてやり過ごせそうだ。邦夫は右にウィンカーを出してハンドルを切ったが――。

「え」

停車車両がいきなり動いた。頭を右へ大きく振り、邦夫のセダンの進路をふさごうとする。急いでハンドルを左へ戻しながらブレーキペダルを踏み込んだが、無理だ――壁が――。

…。

……。

……。

目を閉じていた。

どろりとしたものが咽喉《のど》の奥に広がり、甲高《かんだか》い耳鳴りが頭の中に充満していた。顔を上げることができない。身体のどこにも力が入らない。深い、暗い場所に、沈んでいくようだった。

なんとか瞼《まぶた》を持ち上げる。空気が、ゆっくりと渦を巻いている。ハンドルの向こう側にあるのは、割れたフロントガラス。左には、つぶれた助手席とコンクリートの壁。右に漁火が見える。ちらちらと、白い。

違う――。

ハザードランプだ。

あれは、ハザードランプ。

耳鳴りの奥から乱れた足音が近づいてくる。

――いまの俺じゃねえよ、俺のせいじゃねえ――。

――お前が後ろ見ねえで車動かしたから――。

――死んでんのかな？　死んじゃったんですか？

若い男たちの声。

――車動かしたのは俺だけど、ヒロが戻ろうっつったんだろうが。戻って崖を見ようって――。

――でも俺、ここでUターンしてくださいなんて――。

――おい、動いた……。

ハンドルを押し出すようにして、邦夫は上体を起こした。世界がぐらりと大きく傾《かし》いだ。右のウィンドウごしに、三つの人影。

――なあ、ドア。

誰かが言い、運転席のドアが鳴る。

――駄目だ、曲がってる。

――どけ！

別の男がドアを引き、何度も車体が揺れる。やがて、ばん、という音とともに、身体の右側が唐突に外気にさらされ、男たちの声が大きくなった。

整髪料の、ひどく甘い匂い。

――大丈夫か、おい！

――馬鹿、揺するな！

――動かしちゃまずいです、救急車呼ばないと。

視界には幾重にも膜がかかったようで、確かに見ているのに、三人の顔がまったくわからない。

――待て、呼ぶな。

――え？

――呼ぶなっつってんだよ！

――何で……。

――見ろ、こいつが悪《わり》いんだ……シートベルトしてねえから。

邦夫は口をひらいたが、言葉が出てこず、あ、あ、という、掠《かす》れた声だけが咽喉から洩れた。

――いまこの車、俺の車とぶつかったよな？

――少しかすったような……。

――どこをかすった？

――え、何でですか。

――どこをかすったか見てこい！

大声を上げたのは、金色に近い髪の毛を、竹箒《たけぼうき》のように逆立てた男だ。怒鳴られた男の姿が遠ざかり、離れた場所から声がする。

――バンパーの角がちょっとへこんで、あとは、ウィンカーのカバーが――。

――カバーが割れてんのか？

――割れてます。

――拾え。

――え？

――破片をぜんぶ拾え！　マサ、お前もだ、早く拾え！

男の姿がもう一つ、すぐさま遠ざかっていく。

残った男は、邦夫を見ている。その背後でハザードランプが点滅しつづけ、男は断続的に真っ黒な影になる。

——ついでに小遣いくれよ。

男は車内に腕を差し入れて邦夫のズボンを探った。尻のポケットから財布を抜き、中から札を摑み出して自分のポケットに移すと、カード類をぱらぱら見てから財布を車内に放り投げる。

——せっかく死ななかったのに、残念だったな。

邦夫の頭の後ろに腕を伸ばす。

——あんたが起こしたのは単独事故だ。あんたは一人で、壁にぶつかった。

男の五本の指が邦夫の後ろ髪を摑む。

——俺、まだ若いからさ。

頭が後方へ勢いよく引かれ、顔面がハンドルに叩きつけられた。一度……二度……三度……ためらいのないやり方だった。高い建物の上から、顔面を下にして、何度も何度も落とされているようだった。

——おい、何やってんだ！

四度……五度……景色が消えていく。

——……さん！

三文字の名前。三文字の名前。三文字の名前。

六度……七度……世界が消えていく。

八度……九度……音も、痛みも。

もうすぐ、自分は死ぬ。声にならない叫びとともに両目を見ひらいた瞬間、相手の顔が見えた。笑っているように上唇を捲《めく》れ上がらせた男。喜んでいるように、瞼を引き攣《つ》らせた男。白い頰。逆立った髪。絶対に忘れない。忘れない。忘れない。

男の顔は、邦夫がこの世で見た最後のものとなった。

……十度。

まったくの闇がやってきた。

四月五日、午後九時十二分のことだった。

（二）

仏壇の遺影は、安見弓子に優しく笑いかけていた。

その笑顔と、立ちのぼる線香の細い煙を、窓からの陽《ひ》が橙色に照らしている。正座した弓子の膝先には、スーパーのレジ袋が置かれていた。中身は、パート先のスーパーで帰りがけに買ってきた食材だ。

視線を下ろし、自分の着ている淡黄色のサマーセーターを見る。邦夫からの、結婚五周年のプレゼント。白蝦蟇シーラインの先にあるデパートの紙袋に、このサマーセーターは入っていた。

これさえ買いに行かなければ、あんなことは起きなかった。

あの夜、弓子は学生時代の友人たちに誘われて、近くのファミリーレストランへ食事に出かけていた。たまにはゆっくりしてこいと、邦夫は笑ってこのアパートの玄関で弓子を送り出してくれた。

きっと、驚かせようとしたのだろう。弓子が帰宅するまでに、以前から欲しがっていたこのサマーセーターを買ってきて、びっくりさせようと。それを着た弓子の姿を見ることができないなんて、想像もせずに。

あれから三ヶ月。

もう少しで、サマーセーターの季節も終わる。

哀しみも怒りも、日が経つほどに深くなる。

邦夫が乗っていたセダンのフロントバンパーから見つかった、ほかの車とのかすかな接触痕。それをもとに警察は捜査を進めていた。担当の刑事から聞いた話によると、二ヶ月前、五月はじめの時点ですでに、接触したと思われる車両の車種は特定できていた。若者に人気のあるＲＶで、色は黒。その後、捜査員は蝦蟇倉市内で該当車両を所有している人物をしらみつぶしにあたった。しかし、いずれの車にも接触痕は見つからず、修理工場を調べてみても、その種の車が持ち込まれた形跡はなかった。いまは、隣接する市にエリアを拡大して捜査がつづけられている。

望みはあるのだろうか。

遠くから竹笛の音が響いている。とん、と、と、とん――紙相撲でもやっているような、小さな太鼓の音も聞こえる。祭り囃子の練習をしているのだ。弓子は壁に掛かったカレンダーに目を移す。今日は七月五日。二日後に、蝦蟇倉市が主催する七夕祭りが行われる。

七夕祭りは、県の情報誌にも載るほどの大掛かりなものだ。当日は中央商店街の長いアーケードが、電飾や、手づくりの星や月でいっぱいになる。道の真ん中に大きな竹が何本も立てられ、それぞれの竹の枝先には色とりどりの短冊が結ばれる。

――ナ……オ……。

遠い祭り囃子にまじって、耳の奥に声が響く。

それは、三ヶ月前の深夜に聞いた、邦夫の声だった。救急病棟のベッドの上で、生死の境を彷徨《さまよ》いながら、邦夫は切れ切れの声を発していた。あのとき夫に意識があったのか、なかったのか、わからない。邦夫が口にしていたのは、ただ一つの名前だった。彼はその名前だけを、絞り出すようにして、何度も繰り返していた。

――ナ……オ……ヤ……。

玄関の呼び鈴が鳴った。

立ち上がる力を呼び起こせず、弓子は仏壇の前に正座したまま動かずにいた。もう一度呼び鈴が鳴る。――もう一度。

息をつきながら膝を立てた。髪に軽く手を添え、泣き腫《は》らした目もとに指先を這わせてから、ドアスコープを覗く。外廊下に立っていたのは、三十代前半と思われる女性だった。背がとても低い。地味な白のブラウスに、灰色のタイトスカート。度の強そうな眼鏡の奥で、表情のない二つの目が、ぼんやりとこちらに向けられている。女が右手を伸ばし、もう一度呼び鈴を押そうとしたので、弓子はドアの内側で声を押し出した。

「……どちらさまでしょう」

ドアスコープの向こうで、相手の顔が急に活き活きと笑った。

「ジュウオウカンメイカイのミヤシタでございます」

やけに抑揚をつけた、合成音声のような声。女が口にした団体名には聞き憶えがあったが、それが何だったかは思い出せない。弓子は鍵を回し、チェーンを掛けたままドアを細くひらいた。

「何か、ご用でしょうか」

「奥様に必要な教えをお持ちいたしましたの」

だしぬけに、女はドアの隙間から薄い冊子を弓子に手渡した。B５判で、表紙には笑い合う家族の絵が柔らかいタッチで描かれている。冊子の上にはゼムクリップで名刺が一枚留めてあり、「十王還命会　奉仕部　宮下志穂」と書かれていた。

十王還命会という字面を見て、ようやく思い出した。この蝦蟇倉市に支部を持つ宗教団体だ。「講演会」や「奉仕会」の報せが、ときおりアパートの郵便受けに入れられている。支部の建物があるのは、普段あまり行き来する道ではないが、いつかの春、邦夫の運転で通りかかったとき、前庭に桜がたくさん植わっていたのを憶えている。

「これをお読みいただければ、わたくしどもの活動あるいは目指す世界のことがひと通りおわかりになるかと思います。でも少しだけご説明もさせてくださいね、わたくしそのために支部から派遣されてまいりましたものですから」

ボリュームがないのに甲高く、まるで小さなスピーカーから発せられているような声だった。

「うちに、こういったものは必要ありませんから」

弓子は冊子を相手に差し返した。しかし宮下という女はそれに気づいてもいないように言葉をつづける。

「奥様もご存知かとは思いますが、わたくしどもの会はこの蝦蟇倉市に支部を構えて早六年、会員様の数も着実に増え、いまでは百二十名を超えております」

「うちには関係ありません」

冊子を突き返す弓子の手に、知らず力がこもっていた。冊子の角の部分が、宮下のブラウスの腹に押しつけられてひしゃげた。

「十王というのは、閻魔大王を中心とした、人の死後の行く末を決める十人の王です。死んだ人間が六道——すなわち地獄、餓鬼、畜生、修羅、人、天の六つの世界のどこに生まれ変わるかを判断する役割を担っています。生前の行いにより、死者を六道のどこかへ送り出すのです。でもそれは、あくまで仏教の教えです。わたくしどもの教えでは違います。わたくしどもは、祈りによって、生前の行いの善し悪しにかかわらず、この人間世界にふたたび生まれ変われるよう、十王と交渉をするのです。それが正しい道なのです」

宮下は言葉を切り、異様なほどに頬を持ち上げた。

「だって、そうじゃありませんか？　愛する人が遠い国へ旅立ってしまったとき、その人にふたたび人間としてこの世に生まれてきて欲しいと願うのは当然じゃありませんか？　ですからわたくしどもは、その願いが実現するよう、少しだけお手伝いをさせていただいているんです。わたくしどもの教えにより、愛する人の魂はこの人間世界に戻ってきます。そしてふたたびご遺族とめぐり会い――」

「帰ってください！」

気づけば弓子は冊子を相手の肩口に投げつけていた。誰かにこんなことをするのは生まれて初めてだった。ノブを摑んでドアを引く。その音の残響も消えないうちに、三和土《たたき》に膝から崩れ落ちた。鼻の奥が熱くなり、涙が下瞼から溢れ出て、気づけば弓子はドアの内側に額を擦りつけて嗚咽《おえつ》していた。

「わかるわけない……」

この気持ちがわかるわけがない。他人《ひと》にわかるわけがない。

目の前の新聞受けが、かたりと鳴った。

冊子が差し入れられた音だった。

（三）

路地の真ん中で隈島《くまじま》は立ち止まった。

いま、祭り囃子に混じって、女性の大声が聞こえた気がする。

耳を澄ます。しばらく待ってみるが、何も聞こえてこない。

ワイシャツの襟に軽く風を入れ、隈島はふたたび路地に歩を進めた。手の甲でひたいの汗を拭いながら歩く。同僚の刑事たちから「クマの手」とからかわれる、剛毛に覆われた手だ。

コンビを組んでいる後輩刑事の竹梨《たけなし》とは、今日は別行動をとっていた。刑事は二人一組が基本とはいえ、人手の足りない所轄では、もちろんその限りではない。刑事がこうして単独行動をとる理由は、効率を優先させるためというのがほとんどだし、今回も竹梨にはそう言ってある。

しかし、嘘だった。

私情を捨てきれる自信がなかったのだ。

暮れ色に染まる路地の先に、小柄な中年の女が現れた。ちょこちょこと両足を動かしながら、こちらを向いて停まった白いバンに近づいていく。女が後部座席のドアをひらき、尻をシートに滑り込ませたそのとき、ちょうど隈島は車の脇を通った。運転席の男に、女が囁くのが聞こえた。

「彼女、落ちるわね」

ちらりと車内に視線を投げる。二人が隈島に気づき、にこやかに会釈をしてきたので、こっちも軽く頭を下げた。そのとき女の脇に積まれた冊子が目に入った。それを見て隈島は、二人がどの人間だかすぐにわかった。女がドアを閉め、運転席の男がエンジンをかけて車を出す。隈島は振り返ってそれを目で追った。

十王還命会――。

捜査を担当したことはないが、刑事課の会議でしばしば話は聞く。死んだ人間をもう一度この世に生まれ変わらせることを目的とし、活動している団体だ。会員たちは、それぞれ「寄付」というかたちで、まとまった金を会に渡しているらしい。

深く考えるまでもなく、インチキ宗教だ。だからこそ、騙《だま》されたと訴える会員も多く、警察が動くことになる。もっとも動くといっても、いまのところ詐欺に該当する行為が明らかになるようなこともなく、警察は民事不介入の立場を維持せざるをえない状況だった。できるのは、せいぜい弁護士への相談を助言することくらいだ。

不安に駆られ、隈島は足を速めた。

行く手に木造の二階建てアパート「ゆかり荘」が見えてくる。自転車置き場に黄緑色の自転車があることを確認してから、階段を上った。二階の外廊下を進み、一番奥のドアの前に立つ。ドアの脇に貼られた「安見」というプレート。呼び鈴を押す。応答はない。しばらく待ってから、もう一度押してみた。

「蝦蟇倉警察署の隈島です。下に自転車があったので、いらっしゃるかと思いまして」

ようやく人の動く気配がした。チェーンが外され、ドアが内側からそっとひらかれる。化粧もせず、両目を赤く腫らした安見弓子の顔が、隙間から覗いた。

「ご迷惑でしたか？」

いいえ、と弓子は弱々しく微笑む。

「何か、わかったんでしょうか？」

「ええ、少しは。ただ残念ながらまだ、ゆ――」

危なかった。

「安見さんにお伝えできるような段階ではありません」

安見弓子に会うのは、これで三度目だ。一度目は事故当夜、病院の救急病棟で。二度目は二ヶ月前、この部屋で捜査状況を報告したとき。

しかし、芹沢《せりざわ》弓子となら、大学時代、毎日のように顔を合わせていた。何度かは、身体を合わせたこともある。

「そうですか……」

弓子は小さく息を吐き、それからふと不思議そうな顔をした。伝えるべきこともないのに、刑事がいったい何をしに来たのか、訝《いぶか》しんだのだろう。

隈島は言葉に詰まった。弓子が心配でやってきたと正直に言っても、べつに不自然ではない。十王還命会の人間を見て余計に心配になり、急いで呼び鈴を押したのだと言っても。しかしそのどちらも上手く言い出せず、じつに十秒以上ものあいだ、隈島はただ顎を硬くしてその場に突っ立っていた。この構図には憶えがある。ふとそう考え、つくづく情けない気持ちになった。

大学時代に弓子と付き合っていた頃は、いつもこうだった。不器用で、考えなしに行動する隈島。その隈島の気持ちを懸命に理解しようとしてくれる弓子。そんな関係は、つづけばつづくほど、いっぽうにかかる負担が増していく。そして、ある日とうとう隈島は弓子から別れを告げられた。あれから十数年。隈島はいまだに不器用なままで、伴侶を見つけることもできずにいる。五年前、人づてに弓子の結婚を聞いたときも、ただ不器用に酒を飲んで侘しさを誤魔化すばかりだった。

「――どうぞ」

弓子が半身になり、部屋の中を片手で示した。

(四)

居間の絨毯の上に、スーパーのレジ袋が無造作に置かれていた。弓子はそれを拾い上げ、中に入っていた食材を冷蔵庫に仕舞うと、台所で二人分のお茶を淹《い》れた。

「そちらに、お座りになっていてください」

木偶《でく》のように突っ立っている隈島を振り返り、彼女は座卓のいっぽうを示す。そこに正座すると、奥に寝室が見えた。右手にある仏壇では、まだ燃えきっていない線香が、天井に向かって細い煙を伸ばしている。

卓上に、薄い冊子が置かれていた。先ほどの車に積まれていた、十王還命会のものだ。それをじっと眺めていると、弓子が向かい側に腰を下ろし、湯呑みの一つを差し出した。

「これは……？」

隈島は卓上の冊子を示した。

「ついさっき、勧誘に来たんです」

弓子は細い息を洩らした。

――彼女、落ちるわね。

先ほど耳にした女の言葉を思い、隈島は腹の底が熱くなるのを感じた。

「こんなものは読まないほうがいい。私が捨てておきます」

冊子を摑んで丸めようとすると、弓子が座卓ごしに腕を伸ばして制した。冷たい指だった。

「いいです。自分で捨てますから」

隈島は冊子を卓上に戻した。B5判の冊子は、投げるか落とすかされたように、角が一ヶ所つぶれて皺が寄っている。見てはいけないものだった気がして、隈島は視線を上げた。

居間の隅に、懐かしいものがあった。

「安見さん、まだ、弓をやっているんですか?」

「え?……ああ」

隈島の視線を追い、弓子は振り返る。

コーナーボードの後ろに立てかけられているのは、和弓と矢筒だった。

「卒業以来、やってません。ここに越してきてから、ずっと寝室の隅に寝かせておいたんですけど、もし踏んだりしたら危ないからと思って、あそこに」

そういえば、前回ここへ来たときには、あの場所に弓具などなかった。

「そうですか。私のほうも、卒業してからは一度も弓を引いていません。あの頃は本当に、暑かろうが寒かろうが毎日――」

咎《とが》めるような弓子の視線に気づき、急いで言葉を切った。隈島が無言で頭を下げたあと、二人の視線はしばらく部屋の中を彷徨った。そして最後には仏壇の遺影の上で重なった。ガラスの向こうにある、笑顔の上で。

弓子と出会ったのは大学の弓道部だった。

普段は明るく茶目っ気のある弓子が、弓道着をまとって的を見据えるときだけは、誰よりも凛々しい横顔を見せた。あの瞬間に、隈島を含め、男子部員たちは一斉に心を奪われたものだ。弓子に惹かれていた男子部員たちの中で、隈島だけが彼女と親密になれたのは、単に女子部と男子部の部長同士で、顔を合わせる機会がほかの連中よりも多かったからというだけなのだろう。それ以外の理由を、いまだに隈島は思いつかない。

「目撃情報は、相変わらず……？」

弓子がこちらに向き直る。隈島は顎を引いて頷いた。

「入ってきません。相手が立ち去るまでに現場を通りかかった車が、一台くらいはあったはずなんですが」

「さっき、少しは捜査が進んだっておっしゃってましたけど」

「ええ、でも……」

「まだ、言える段階ではないんですね？」

「近日中に、お話しできるかと思います」

隈島は卓上に視線を落とした。

本心では、自分の知っていることをすべて話してやりたかった。

じつのところ、捜査の進捗は少しどころではなかったのだ。

先週判明した事実。三ヶ月前の四月五日、あの白蝦蟇シーラインのトンネル出口付近で、安見邦夫の運転するセダンが接触した相手の車――その持ち主らしき人物が、とうとう特定されたのだ。セダンのバンパーに付着した塗料により、車種だけは二ヶ月以上も前からすでにわかっていた。捜査本部は蝦蟇倉市内でその車を所有している人物を捜したが、見つからず、捜査エリアを周辺の市にまで拡大して綿密な聞き込みと車両の捜索を行っていた。

そしてついに、ある若い男に行き着いた。

その男は当該車種の車両を所有しており、さらに、事故の二日後、四月七日に後部のバンパーとウィンカーランプのカバーを自宅近くの店で購入している。取り付けはおそらく自分で行ったのだろう。隈島たち捜査陣は、その男を本星《ほんぼし》と見ていた。あとは男と接触し、問い質《ただ》すだけなのだ。

が、その男が捕まらない。

男は隣接する白沢市内にあるアパートで一人住まいをしていた。隈島や竹梨を含めた刑事数人が交代でアパートを張り込んでいるのだが、いまだに接触することができない。隣室の住人によると、普段から部屋に帰ってこないことが多いのだという。男が契約している駐車場に、問題の車は停められていなかった。事故を起こした車で出かけたまま、どこかに身を寄せているのだろうか。あるいは車中泊をつづけている可能性もある。

男の名前は、いまこのときも、隈島の頭の中でぐるぐると回りつづけていた。もし今後の人生で、同じ名前の人間と知り合うことがあったなら、自分はその相手に対して心をひらくことはできないのではないかとさえ思えた。

「ナオヤ……」

弓子の声に、はっとして顔を上げた。

「何です？」

「夫は、病室のベッドの上で、繰り返し繰り返し、必死でそう口を動かしていました。何度も……」

弓子の両目に、みるみる涙が溜まった。

返すべき言葉を探したが、見つからず、隈島はただ背筋を伸ばして相手の顔を見返した。

「絶対に、捕まえてみせます。捕まえて、あの遺影の前で土下座させて、声が嗄《か》れても、謝罪の言葉を吐かせつづけます。絶対に」

窓からの陽が仏壇を照らす。遠くから祭り囃子が聞こえてくる。壁に掛かった月並みなアナログ時計の針は、六時五十分を回ったところだ。

遺影の前で土下座させ、謝罪させるはずの男が、ほんの一時間ほど前に死んでいたことなど、そのとき隈島は知らなかった。

（五）

同日、午後五時三十九分。

男はＲＶのハンドルを握り、白蝦蟇シーラインを南下していた。

この道を走るのは三ヶ月ぶりのことだ。あの夜以来、この道を通ることはもちろん、蝦蟇倉市内に入ることさえできずにいた。

理由は二つある。

一つは、市内のそこここで検問がつづいていたこと。検問の情報は、あの夜、助手席に座っていたマサから聞いた。

――少なくとも二ヶ所で見た。弟も、それとは別の場所で見たって。

マサは電話で忠告した。

――たぶん、あの夜、事故現場を通りかかった車を捜してるんだと思う。目撃情報を集めようとして。まさか自損事故なのを疑ってるわけじゃねえだろうけど、いずれにしてもしばらく近づかないほうがいい。

もう一つの理由は、恐怖だった。

あの夜、自分が顔面をハンドルに叩きつけた男。血まみれの目と鼻と口。この車を走らせている最中、ふと隣を見ると、あの男が助手席に座っている気がする。真っ赤な顔をこちらに向け、じっと自分を見ている気がする。

「くだらねえ……」

アクセルペダルを踏み込んだ。

今日、蝦蟇倉市に戻り、ここを通ることを決めたのは、度胸試しのつもりだった。いつまでもびびっているなんて、あまりにみっともない。自分には耐えられない。もし検問で止められても、ただ知らないふりをすればいい。こうして白蝦蟇シーラインを走り、あの場所をもう一度通り、それをあとでゲラゲラ笑いながら仲間に話して聞かせてやる。そうすれば、ぜんぶもとどおりになる。

左手に弓投げの崖が現れた。海に向かって突き出した二本の崖。あの場所には、死者の霊が集まっているのだという。この道を走っているとき、弓投げの崖を見てはいけない。霊と目が合い、あの世に連れて行かれるから。

「あんたもいんのか？」

ウィンドウごしに弓投げの崖を睨みつけた。

あの男も、崖の上の霊たちにまじって、こっちを見ているのだろうか。みんなといっしょに、この世を呪っているのだろうか。自分を死に追いやった相手を捜しているのだろうか。だったら――。

「取り憑《つ》いてみろよ」

崖を睨みつけたまま、さらに車を加速させた。エンジン音が車内を満たし、路面の振動が下半身に伝わる。車はそのままカーブを曲がりきり、フロントガラスの先にトンネルの入り口が現れた。

「死んだ人間になんて、何もできやしねえんだ」

トンネルに突入する。暗いコンクリートの壁。猛スピードで流れていく橙色の電灯。その下で、道は真っ直ぐにつづいている。出口付近の左の壁に、花がいくつも置かれているのが見えた。車がその脇を走り抜けた直後、フロントガラスに明るい景色が広がった。

「え……」

待て。

たったいま、目の端に映ったもの。

あれは何だった？　自分はいま何を見た？

「まさか……」

そんなはずはない。絶対に。

しかし右足はブレーキペダルを踏み込んでいた。四つのタイヤが地面を鳴らし、上半身がハンドルに押しつけられた。速度が一気にゼロへと近づき、やがて車はがくんと停止した。

すぐさま運転席のドアを開け、路上に飛び出す。たったいま通り過ぎた場所へ駆け戻る。トンネルの出口付近。あの夜、男のセダンが突っ込んだあたり。

足を止め、そこに立ちすくんだ。トンネルの壁が終わったすぐ先。路面のコンクリートの隙間から、葉の硬い雑草が這《は》うように生えている。その葉に乗っかるようにして、それは太陽の光を反射していた。

白い、半透明のプラスチック片。

屈み込み、震える指を伸ばす。間違いない。ウィンカーランプのカバーの一部。そのへんの車についている黄色いものじゃない。この車を買ったときにわざわざつけ替えた、白いタイプ。あの夜、セダンに接触されて割れたカバー。

たしかにそう見える。

「俺のか……？」

マサとヒロがすべて拾ったと思っていた。しかし、二人が集めたその破片を、あとでわざわざ割れた部分にあてがってみることはしなかった。この破片だけ、あいつらは見落としていたのだろうか。そしてそれが、いままで警察の連中に見つかることもなく、ここに放置されていたのだろうか。

「そうか、雑草が――」

雑草が伸びて、この破片を持ち上げた。それまでは葉の陰に隠れ、上手いこと周囲から見えずにいた。

そういうことなのかもしれない。

危なかった。この破片が見つかっていたら、あれが単純な自損事故でなく、接触事故だったことが疑われていたかもしれない。そうなればすぐに、自分のところへ警察がやってきていたに違いない。部品の一つからでも足がつくと、誰かに聞いたことがある。

もちろん、何かの間違いかもしれない。この破片は自分の車のものなんかではなく、あの事故ともまったく関係ないものなのかもしれない。ただのゴミだという可能性もある。いやむしろ、その可能性のほうが高いように思える。

が、拾っておいて損はない。

破片をつまみ上げ、ジーンズのポケットに押し込んだ。口もとがにやけてしまうのを抑えられなかった。やはり、世の中に怖いものなどない。何か不味いことをやってしまったあとでも、運さえあれば、こうしてちゃんと救われる。

そして自分には、運がある。

どこかで草が鳴り、思わず息を止めて左右を見渡した。

何も見えない。誰もいない。虫の声がかすかに聞こえてくるだけだ。

ふたたび唇の端を持ち上げながら、自分の車に戻った。運転席のドアに手をかけ、ふと背後を振り返る。トンネルの向こうに弓投げの崖が見える。大小二つの先端が、海に向かって突き出している。風もなく、海面は静かで、なんとも穏やかな眺めだ。

「よう……取り憑かねえのか？」

見えない相手に向かって声をかけた直後、頭が爆発したような衝撃を感じた。視界が真っ白になり、すぐに赤黒く変わり、全身が無感覚に陥った。何が起きたのか。そのままアスファルトに顔面から倒れ、意識を失う瞬間、すぐそばで声が聞こえた。

「十七時、四十二分」

女の声——。

（六）

隈島がゆかり荘のドアを出たときには、もう外は暗くなりかけていた。

「ここからあの現場までは、一直線なんですよね」

二階の外廊下を右に進み、階段の手前で立ち止まる。そのまま視線を伸ばし、夜の向こうを見る。右手に広がる暗い海。その輪郭に沿うようにして、白蝦蟇シーラインの常夜灯がぽつぽつと並んでいる。

弓子が背後に立った。

「あんなことが起きないで、もう少しだけ無事に車を走らせていれば……」

そう、まさに「もう少しだけ」だったのだ。現場のトンネルを出てから少し進むと、左手に一方通行の道が分岐している。その道に入り、ガードレールに沿って五分も走れば、もうこのアパートに辿り着く。

「以前はよく、シーライン沿いのサイクリングコースを、夫と二人で走りました」

息で薄まった、疲れ切った声だった。十数年ぶりに再会して以来、隈島はこの声しか聞いていない。本当の声をいまだ耳にしていない。学生時代の若々しい、透明な水が流れているようなあの声は、どんなふうに変わったのだろう。

「サイクリング……下の駐輪場に置いてある、あの自転車でですか？」

黄緑色の自転車を思い出しながら訊いた。いわゆるママチャリというやつだ。三ヶ月前、病院に駆けつけたときも、弓子はあれに乗ってやってきた。そのほうが、タクシーを捕まえるよりも早かったのだろう。

「まさか。中央商店街の南側に、レンタルサイクルのお店がありますでしょう？　あの、自転車屋さんも兼ねたお店。あそこで、ちゃんとしたものを借りてきました」

初めて、弓子が頬を持ち上げた。しかしその表情は、微笑する前よりも、ずっと哀しげだった。

「あのお店のご主人、お元気かしら。ずいぶんとお年みたいだったけど」

「今度、覗いて確認しておきますよ」

弓子に頭を下げ、隈島は外階段を下りた。

ワイシャツのポケットに突っ込んだ携帯電話が鳴ったのは、ちょうど路地の角を曲がったときのことだった。ディスプレイには竹梨の名前が表示されている。

『いま署に戻ったら、とんでもないことになってたんです。もう別の連中が現場に行ってて、鑑識もそれといっしょに――』

「待て、落ち着いて話せ」

『すいません、白蝦蟇シーラインを走ってたトラックの運転手から一一〇番通報があって、駆けつけた制服警官から署のほうに連絡がきたそうです。シーラインのトンネルを抜けた場所で――』

それは、にわかには信じられないような報告だった。隈島はすぐに通話を終了させ、携帯電話を握ったまま、北に向かって路地を走った。

（七）

白蝦蟇シーラインは全面通行止めとなっていた。

警察が運び込んだ照明で路傍がライトアップされ、そこに一台のＲＶが停められている。ガードレールに寄せられた黒い車体は、連日の捜査で繰り返し目にしてきた車種のものだ。隈島もほかの捜査員たちも、同じ型、同じ色の車体を、もう数えきれないほど見た。ただし、これまでの車はすべて、隈島たちが捜していたものではなかった。捜していたのは、いままさに目の前に停まっている、この一台だった。

被害者の遺体はすでに病院に搬送され、解剖にまわされていた。詳しい結果はまだ報告されていないが、石による頭頂部への打撃が死因であることは間違いないらしい。

捜査員と鑑識官が動き回る中に、隈島は竹梨の姿を見つけた。二歳違いなので、竹梨は今年で三十七歳のはずだが、配属当時からほとんど見た目が変わらず、白い茄子《なす》のようにつるんとした顔をしている。

「凶器の石は、どこに？」

「ああ隈島さん、お疲れさまです。凶器は鑑識が回収しましたけど」

「わかってるよ。どこに落ちていたのかと訊いたんだ」

つい口調が荒くなった。想像もしていなかった展開に混乱し、また、ほかの捜査員たちや竹梨に先を越されたことに、苛立ちを抑えられなかった。

「遺体のすぐそばだそうです。うつぶせに倒れた身体の、ちょうど肩口のあたり。子供の頭くらいの大きさの石で、片面に、べったり血がついていたとのことです」

「その石が凶器で間違いないんだな？」

「さっき鑑識から入った連絡だと、被害者の挫創《ざそう》の形状とも一致したようですね」

「一撃か？」

「そう、一撃」

竹梨は両手で石を振り下ろす仕草をしてみせた。それから自分の髪の毛を上に引っ張りながら説明する。

「被害者、金色に染めた髪をこうやって、つんつんおっ立てていたそうなんですけど、その真ん中に、ぽっかり黒い穴があいてたらしいです。火山の噴火口みたく」

「石から指紋は？」

「駄目だったみたいですね。石の表面はわりとつるっとしてたらしいんですけど、犯人はおそらく手袋着用です。まあ、いまどき素手で人を殺す馬鹿もいませんが」

「手袋をして殺せば馬鹿じゃないのか？」

「いや……」

竹梨は驚いたようにこちらの顔を仰いだ。隈島は後輩刑事への八つ当たりを反省しつつ、視線を転じ、ゆかり荘のある方向を見た。

ガードレールで仕切られたサイクリングコースの向こうには、丈のあるススキとセイタカアワダチソウが入りまじった、なだらかな斜面がつづいている。昼間であれば、この場所からゆかり荘の屋根くらいは確認できたかもしれない。しかし、いまはただ暗い景色が坦々と広がっているだけだ。

腹の底で得体の知れないものが蠢《うご》めいていた。明るい地面で動こうとしない影のように、それは曖昧な不安で隈島の身体を固くした。

「そうだ、隈島さん」

先輩の不機嫌を察したらしい竹梨が、やけに明るい声を出す。

「被害者のズボンのポケットから、面白いものが出てきたんです——あ、いやべつに面白くはないか、すんません」

「いいよ。何が出た？」

「プラスチックの破片です。いま詳しく調べてもらってますが、おそらくは、ウィンカーランプのカバーの一部なのではないかと」

隈島は竹梨の顔を見返したまま、ゆっくりと顎を擦《こす》った。親指の腹で、無精髭がざらりと音を立てた。

「何色だ？」

「はい？」

「そのカバーだよ。普通の黄色いタイプだったのか？」

「いえ、白でした」

「あの車についていているような?」

路傍に停まっているRVを見た。

「そうです、あの手のやつです」

隈島はその場を離れ、トンネルのほうへ移動した。トンネルの出口付近も、警察の照明で、まるで昼間のように明るい。羽虫がちらちらと飛び交い、発電機の重い音が壁に反響していた。

足を止め、壁際に寄せられた花を見下ろす。色の新しいものもあれば、枯れてしまっているものもある。花束にまじって、寄せ書きの綴られた色紙が一枚、置かれていた。「ずっとわすれません」「いつもあそんでくれてうれしかったです」——幼い字が並んでいる。幼稚園の子供たちが書いたものなのだろう。

「被害者のポケットに入ってたプラスチック片、今回のことと関連ありますよね?」

背後から届いてきた竹梨の声が、トンネル内に広がって響く。

「ねえ隈島さん。自分これ、なんだかすごく複雑な事件に発展しそうな気がするんですけど……考えすぎですかね?」

隈島は言葉を返さなかった。返せなかった。

ある物に、目を奪われていたのだ。

「どういうつもりだ……」

腕を伸ばし、周りのものよりもひときわ大きなその花束を手に取る。ごく最近供えられたようで、花弁がまだ瑞々しい。花束の下端を縛った白いリボンには、厚紙のカードが貼りつけてあり、そこに、まるで何かをアピールするかのように「十王還命会」という文字が大きく印刷されていた。

「花束で人は生き返りませんけど、でも……」

竹梨がしゃがみ込む。言葉のつづきを口にしないまま、十王還命会のカードにそっと手を添える。その横顔は、まるで多感な子供が哀しい自己犠牲の昔話でも聞かされたように、素直な憂いに満ちていた。隈島は竹梨に、あの十王還命会の女が弓子のアパートを訪ねたあと、車の中で発した言葉を教えてやりたかったが、どうにか堪えて両の拳を握りしめた。

（八）

七月六日、午後三時五十分。

蝦蟇倉警察署の廊下に置かれた長椅子で、隈島は首を垂れて額を擦っていた。午後の捜査会議が、つい先ほど終了したばかりだった。

「――ちょっと意外でしたね」

竹梨が隣に腰を下ろす。隈島がラークを抜き出して火をつけると、その煙から逃げるように尻をずらした。世の中では分煙化が進み、この蝦蟇倉警察署でも廊下の奥に喫煙室があるにはあるが、まだ廊下の灰皿は撤去されていない。

会議で報告された昨日の事件の顚末は、こうだった。十八時頃、現場を通りかかったトラックのドライバーが、不審な駐車車両と、そのそばに倒れている若い男を見た。ドライバーは運転をつづけながら携帯電話で警察に通報し、すぐさま制服警官がパトカーでそこへ向かい、現場保存の処置をしつつ蝦蟇倉署の刑事課に連絡をした。

監察医の報告によると、被害者の死亡推定時刻は午後五時半から六時のあいだ。発見が早く、判定が容易だったので、これはほぼ間違いないらしい。犯人の遺留品らしきものは現場から何も見つからなかった。地面に落ちていた複数の人間の毛髪が、鑑識官によって採取されてはいたが、これは事件に関係があるのかないのか、まだわかっていない。

被害者のRVを調査したところ、やはり四月五日に起きた死亡事故で安見邦夫の運転していたセダンと接触した車であることが確認された。これは捜査本部の予想していたとおりだ。

そして、いま竹梨が言ったように、「ちょっと意外」な点が二つ。

まず、被害者のズボンのポケットに入っていた、白い半透明のプラスチック片。あれはやはりウィンカーランプのカバーで間違いなかった。ただし、被害者のRVに適合する商品ではないらしい。別の車種に取り付けるための部品だったのだ。

「何で被害者は、あんなもの持ってたんですかね？　全然関係ない車の部品なんて」

竹梨が茄子顔を歪め、膝の上でメモ帳をぱらぱら捲る。先ほどの捜査会議でとったメモが、そこにびっしり書き込まれているが、字が雑なので本人以外はろくに読めない。しばらく前、ちょっとした祝い事でモンブランのボールペンを買ってやったことがあり、竹梨はそれを大事に使ってくれてはいるが、悪筆のほうは相変わらずで、書類の解読にはいつも苦労させられていた。

「さあな」

溜息といっしょに煙を吐き出す。

「それより、俺にはあっちのほうが気になる。ほれ、例の石の――」

ちょうどそのとき、代田《しろた》が廊下を通りかかった。先ほどの捜査会議で、凶器について説明をした鑑識官だ。

「シロさん、ちょっといいか」

呼びかけると、代田は廊下を漂う煙を一瞥《いちべつ》し、露骨に顔をしかめながら近寄ってきた。

「さっきの、凶器の石についてなんだけど――あの場所に落ちていた物じゃないってのは間違いないのか？」

「間違いない。だからそう説明した」

代田は五十になったばかりだが、髪が見事に真っ白で、しかもときおりひどく時代がかった話し方をするので、知らない人間にはたいがい老人だと思われる。

「塩分がどうのこうのって？」

「どうのこうのじゃない。凶器であるあの石の表面には、塩分が付着していなかったと言ったんだ。現場周辺で採取した石からは、すべて海風による塩分が検出された。だが凶器にはそれがなかった。だからあれは、どこからか持ち込まれた可能性が高い。同じ話を二度もさせるな。煙で耳が悪くなっているんじゃないのか？」

「五感は正常だ」

言ってから、隈島はちらりと廊下を見回した。いまの発言はあまり好ましくなかったかと反省する。

「塩分は、まるっきり出なかったのか?」

「そりゃ、少しは出た。あれが凶器となった瞬間から、さらに証拠品となった瞬間まで、あそこで海風にさらされていたわけだからな」

「でも、出た塩分は、せいぜいその間に付着した程度のものだと?」

「そのとおりだ」

答えてから、代田は「会議でも言ったがな」と付け加えた。そのまま白衣の背中を向け、何かぶつぶつ言いながら廊下を去っていく。

隈島は吸いさしの煙草を灰皿に押しつけた。長椅子から立ち上がったところで、人声が重なり合って聞こえた。階段口から同僚の刑事が首を突き出し、隈島に呼びかける。

「被害者の仲間を一人、引っ張ってきたぞ。お前がやるか?」

「取り調べをか? 仲間ってのは誰だ」

同僚は得意げに唇の端を持ち上げた。

「森野《もりの》雅也《まさや》——四月五日の夜、あのRVの助手席に乗っていた男だ」

（九）

「理由を証明しろよ、理由を」

取調室のテーブルごしに、森野雅也は隈島を睨みつけていた。口は半びらきで、目つきは小蠅《こばえ》じみて、いかにも無教養な面差しだ。椅子にきちんと腰掛けることもできず、尻を浅く乗せて背もたれに寄りかかり、ポケットに両手を突っ込んで中の小銭を鳴らしている。五分刈りの頭髪を茶色く染め、剝き出しの両肩は浅黒く焼けていた。両目が不自然に充血しているのは、大麻だろうか。その可能性はあったが、いまは追及しないことにした。

「説明でなく、証明するのか？」

警察署に連れてこられた若者と会話を交わすたび、隈島は同じことを言いたくなる。それは、新聞を読めということだ。言葉を知らず、世の中のことを何一つ知らず、どうして彼らは不安をおぼえないのだろう。どうしてこんなにいつでも、底の浅い気楽さを剝き出しにしていられるのだろう。

何でもいいよ、と森野雅也は顎をそらす。

「さっきの刑事、なんにも説明しねえんだ。あの夜、俺がナオの車に乗ってたってだけで、いきなりここに連れてこられた」

同僚の刑事が説明したところによると、トンネルの出口で殺された男のスマートフォンを出発点に、この若者へと行き着き、自宅を訪ねて同行させたのだという。

「あの夜の事故のことは、俺は何も知らねえ。運転してたのはナオだ。たしかに、ナオのせいであのセダンが事故ったことは認めるよ。それはもうわかっちゃってんだろ？　でも、運転してたのは俺じゃなくてナオだ。そんで、そのナオは殺された。もう死んでる。俺がここに連れてこられる理由は何もねえ」

どういう理屈なのかはまったくわからないが、森野雅也は得意げにそう言い放った。

隈島は慎重に単語を選んで言葉を返した。

「そう――三ヶ月前のあの夜、ＲＶを運転していたきみの仲間は、昨日亡くなった。だから、我々は困っている。あの夜、どんな状況で事故が起きたのかが、わからなくなってしまったからだ」

この若者の、頭の中を想像する。

何を知っているのか。

何を知らないのか。

「事故の様子を、詳しく聞かせてくれないか？」

テーブルに両手をつき、隈島は頭を少し低くした。そのまま相手の表情を窺《うかが》うと、小蝿じみた両目が一瞬、優越感に輝くのがわかった。

「でもよ、俺ほんとに関係ねえんだよ」

「わかってる。きみはただ、助手席に座っていただけだ。きみの仲間の運転のせいで、一人の男性が運転する乗用車が死亡事故を起こした。警察への連絡義務を怠って逃走しようとする運転手を、きみが止めなかったのは悪いことだが、そのことについては我々は追及するつもりはない」

何を知っているのか。

何を知らないのか。

森野雅也は鼻を鳴らして肩をすくめ、まあいいやと呟くと、案外すんなりと事故の説明をはじめた。

「あの夜、ナオは俺を助手席に乗せて、白蝦蟇シーラインを走ってた。トンネルの途中で、ヒ……じゃねえや、ナオが弓投げの崖を見ようって言い出したんだ。んで、とりあえず車をどっかに停めようとしたら、あのセダンが後ろからすげえスピードで近づいてきた。セダンの人、ナオが車のスピードをちょっと落としたもんだから、驚いてハンドルを切ったんだろうな。そのままトンネルの壁に突っ込んだ。そんときセダンの鼻が、ナオの車の後ろをかすった……ような気がした」

そこまで説明すると、森野雅也は自分が喋った内容を思い返すようにしばらく天井を見上げたあと、隈島に顔を戻した。

「――それだけだ」

「嘘は、つかないでくれ」

「嘘？　何が嘘だよ」

言い返しながらも、森野雅也はわずかに動揺していた。隈島はふたたび言葉を慎重に選びながらつづけた。

「もう一人、同乗者がいたはずだ。さっきの刑事――きみを連れてきた刑事が、すでに調べ上げている。あの夜、きみと、運転手のほかに、もう一人いた」

隈島は相手に顔を近づけた。

「誰がいた？」

森野雅也は上体を引き、細い眉を歪めた。ずいぶん時間が経ってから、咽喉の奥で小さく唸るような声を洩らし、ようやく口をひらく。

「――ヒロ」

「きみたちの仲間だな？」

「俺の弟」

これは意外だった。

弟の名前は森野《もりの》浩之《ひろゆき》、二人で白沢市内のアパートを借りて暮らしているのだという。

「いまはどこにいる？」

「少なくとも家にはいねえ。あの刑事が来るちょっと前に、出かけてった」

「どこに？」

「知らね」

「家の電話番号を教えてくれ」

「いまどき家電《いえでん》なんて引くかよ」

「携帯電話は？」

森野雅也は隈島に弟の携帯番号を教えた。隈島はその場で自分の携帯電話からかけてみたが、電波の届かない場所にいるか電源が切られているとメッセージが返ってきた。隈島は電話をワイシャツのポケットに戻し、森野雅也に、弟が出かけたときの服装と、外見の特徴を訊いた。下はジーンズ、上は白い半袖のシャツ、外見は「俺そっくり」とのことだった。隈島は部屋のドアから顔だけ出し、その場にいた刑事に事情を説明して、森野浩之を捜すよう頼んだ。

「でも、あいつも事故には関係ねえよ。ただ後ろに乗ってただけだから」

隈島は答えず、ふたたび森野雅也と向き合った。そのまま敢えて言葉を口にせずにいると、相手は椅子の上でふんぞり返ったまま、ときおり不安げに視線を投げてよこした。

「……ねえ、誰がやったの？」

テーブルごしに両肘をつき、顔を近づけてくる。

「誰がナオを殺したのよ？　俺を連れに来た刑事が言ってたけど、頭、思いっ切り割られてたんだろ？」

「思いっ切りかどうかは、犯人を捕まえて訊いてみないとわからない」

「むっかつくよなあ、ひでえよほんと」

「むかつくか？」

森野雅也は顎をひねるように突き出しながら、何度も頷いてみせた。

「むかつくにきまってるよそんなん。仲間殺されてよ。俺もそうだけど、ヒロなんて、ナオにすげえ憧れてたから、むちゃくちゃ怒ってたぜ。ぜってえ犯人をぶっ殺してやるって。あいつキレると俺とかナオより危ねえんだ。たまに、すげえことするぜ。……なあ、犯人、誰なの？」

「捜査中だ」

「ところでセダン運転してた人ってさ、カミさんとかいたのかな？」

予想外の言葉に、椅子の上で思わず上体を立てた。

「……どうしてそんなことを訊く？」

「だってさ、あれって復讐っぽいじゃん。自分の旦那がナオのせいで事故死した。そんで、カミさんはナオを逆恨みして、同じ場所でナオを殺した。ね？　ほら、復讐」

頭の芯が熱くなっていく。

「俺、ぜってえそう思うよ。ヒロも今日、そう言ってた。だってセダンの人が住んでたアパートって、ナオが殺された場所からそう遠くないじゃんか。だから、やっぱりナオを殺した犯人はカミさんだよ。あの場所にナオを呼び出して、後ろから近づいて……まあ、方法はわかんねえけどさ。とにかく、なんか上手いことやって殺したんだよ」

「俺はきみの言う〝カミさん〟に会ったことがあるが、彼女は――」

言葉を切り、隈島は森野雅也の顔を見直した。

「どうしてアパートの場所を知ってる？」

一瞬、森野雅也の表情が揺れた。

しかしすぐにへらへらと口もとを歪めて答えた。

「新聞で見たんだよ。事故のつぎの日の新聞に、〝死亡した男性の住まいは〟とかなんとか、どっかに書いてあった」

「交通事故を起こした人の住所など新聞には載らない」

だから新聞を読めというのだ。

「え？　あそうか、違う違う、名前だけ載ってたんだ。だからそれをヒロが電話帳で引いたんだよ。だってほら、やっぱし気になったから。ゆうべ事故ったあの人、どこの誰だったのかなって。だから新聞で名前を見て、電話帳で住所を調べた。それだけだよ」

相手の嘘を聞きながら、隈島は三ヶ月前の光景を思い起こしていた。あの夜、現場で安見邦夫のセダンを調べていたときのことだ。サイドブレーキの脇に落ちていた財布を、竹梨が見つけた。中を確認すると、カードや小銭はあったが、札入れには何も入っていなかった。

こいつらはあの夜、安見邦夫の財布から金を抜き取った。おそらくそのとき、財布に入っていた免許証を見たのだろう。そして彼の住所を知った。あるいは「ゆかり荘」というアパート名だけを憶え、あとで場所を調べたのかもしれない。

そのとき不意に、頭の中で警鐘が鳴った。

「弟は出かけていったと言ったが――どこに行ったんだ？」

「だから、知らねえよ。なに睨んでんだよ」

「本当に知らないのか？」

森野雅也の薄い唇がひくりと動き、充血した目の奥で何かが光った。

――セダン運転してた人ってさ、カミさんとかいたのかな？

――ヒロなんて、ナオにすげえ憧れてたから、むちゃくちゃ怒ってたぜ。

――ぜってえ犯人をぶっ殺してやるって。

「まさか弟はアパートに行ったのか？」

「知らね」

耐えきれず、隈島は森野雅也の胸ぐらを摑んで引き寄せた。

「行ったのか？」

相手はテーブルの上に腹まで引き摺《ず》り上げられて声を裏返した。

「俺のせいじゃねえよ、ヒロが勝手に……わ！」

隈島が突き放すと、森野雅也はパイプ椅子ごと倒れ、背中を床に打ちつけた。

「って……」

「人が死ぬときの痛みは、そんなものじゃない」

隈島はそのまま部屋を出ようとしたが、思い直し、ドアの前で振り返った。

「お前に一つ、大事なことを教えてやる」

床に座り込んだままの森野雅也にそれを教え、隈島は別の刑事を呼ぶと、あとのことを頼んで階段を駆け下りた。

（十）

弓子の携帯電話を何度も鳴らしたが、呼び出し音が鳴るばかりで応答がない。

警察署を飛び出した隈島は、ゆかり荘に向かって走っていた。アパートまでの道は一方通行が入り組み、また夕刻は歩行者や自転車が多く行き交っているので、車だと余計に時間がかかってしまう。前方から白いバンがやってきて隈島とすれ違った。一瞬だけ見えた車内には、この前と同じ二人組が乗っていた。小柄で眼鏡をかけた女と、スーツ姿の運転手。

ゆかり荘の階段を駆け上り、二階の外廊下へ出る。弓子の部屋のドアのすぐ左脇に、白いプランターが置かれている。幅七、八十センチほどのもので、土は入っていない。昨日はこんなものはなかったはずだが。

「安見さん、いらっしゃいますか。安見さん」

呼び鈴を鳴らし、ドアを叩いた。ほどなくして鍵が回され、弓子の顔が覗いたので、隈島はひとまず安堵した。

「隈島さん、どうされたんです？」

「何か変わったことはありませんでしたか？」

「私、つい二、三十分前に戻ってきたばかりなので……」

「誰かがここを訪ねてくるようなことは？」

その問いかけに、弓子の両目が一瞬見ひらかれ、すぐに戻った。

「誰か来たんですね？」

「ええ……でも、たったいま、お帰りになりましたけど」

お帰りになり、なりました？

「誰が来ていたんです？」

「十王還命会の方が」

脱力と苛立ちを同時におぼえた。

「それだけですか？」

「ええ、それだけです。いろいろと、生活のその、何ていうんでしょう、アドバイスをいただいて」

「アドバイス——」

「はい。たとえば、ほら、そこにあるそれも」

弓子はドアの脇に置かれたプランターを指さした。

「まだ何も植えてないんですけど、十王と上手に交渉するためには、そこで白色系の花をつける植物を育てるといいらしいんです。いまからだと、白いコスモスとか、ちょっと早いけどカスミソウとかイベリスとか。種からでないと駄目みたい」

——彼女、落ちるわね。

「こんなところに置いて、つまずいたら危ないでしょう」

「でも、ミヤシタさんが、そう……」

隈島は胸が重たくなった。

もちろん、森野浩之が来ていないだけましだが。

「昨日、例の現場で、十王還命会のカードが添えられた花束を見ました」

「そうなんです」

弓子の表情がぱっとひらく。

「ミヤシタさんが供えてくれたんですって。これから毎日、あそこにお花を供えてくださるって、さっき――」

ミヤシタというのは、バンに乗っていたあの女だろう。

「あの手の連中を、あまり信用しないことです」

彼女が陰でどんな言葉を口にしていたのか、それを知らないまま十王還命会に傾倒しつつある弓子を見るのは、あまりに哀しかった。しかし、自分が過剰に口出しすべきことではないし、いまはとにかく事件のことを考えなければならない。

「安見さん。少しだけ、中でお話を聞かせていただいてもよろしいですか？」

弓子は唇を結び、ブラウスの襟元に手を添えた。

「捜査の一環です。お願いします」

「じゃあ、あの……洗濯物だけ、少し片づけてきます」

弓子は室内に引っ込み、しばらく経ってからふたたびドアを開けた。

「どうぞ」

部屋に入ると、弓子が座卓のいっぽうを示したので、そこに腰を下ろした。卓上には、使われた跡のある、一人分の食器が並んでいる。その脇には朝刊が広げられたままになっていた。ひらかれたページの端に、昨日の事件の記事が載っている。捜査本部の判断で、被害者の氏名は公表していないので、内容はごく簡単なものだ。ただ「蝦蟇倉東トンネルの西側出口付近」と、場所だけは詳細に書かれていた。

「今朝見て、驚きました」

隈島の目線に気づき、弓子も記事を見る。

「同じ場所なんですね、昨日の殺人事件が起きたの」

「そうです。詳しいことは捜査中ですが」

言葉を濁しつつ、ふたたび記事に目を落としたとき、新聞の端から何かが覗いているのに気がついた。不躾《ぶしつけ》を承知で新聞を持ち上げてみると、それはあの、十王還命会の冊子だった。

「まだ、捨てていなかったんですか？」

「試しに読んでみたら、興味深いことがわりとたくさん書いてあって」

「こんなものは、あなたに必要ありません」

苛立ちを抑えきれず、つい乱暴に卓上の冊子を取り上げた。その拍子に、食器のそばに置かれた醬油さしが横倒しになった。

「申し訳ない――」

「平気です、こぼれませんから」

醬油さしは、軟らかいポリ容器の、脇を押して中身を出すタイプだったので助かった。買って間もないらしく、どこにも汚れがついていない。隈島はそれを元の場所に立てようとして――そのまま手を止めた。

ある考えが、脳裏に浮かんだのだ。

いや、そんなはずはない。隈島はすぐさまその考えを打ち消した。顔を上げると、弓子は部屋の脇に目を向けていた。そこにあるのは仏壇だ。

おや、と内心で首をひねる。

昨日と自分の座っている位置が逆だった。昨日は右手に見た仏壇を、今日は左手に見ている。もちろん大した違いではないのだが、それが何故か隈島には重要なことに思えた。

どうして弓子は、自分を逆の位置に座らせたのだろう。

上体を回して背後を見る。部屋の隅にコーナーボードが置かれ、その後ろには、弓子がかつて使っていた和弓と矢筒が立てかけられている。

「矢の手入れでも、されたんですか？」

矢筒の蓋が外されていたのだ。

ええ、と弓子は目を細めた。

「昨日、隈島さんが、弓道のお話にふれたものだから、ちょっと懐かしくなっちゃって」

隈島にはすぐにわかった。弓子の表情は、学生時代、二人の関係がぎくしゃくしはじめた頃に、よく見せられたものだ。つくり笑顔。胸にある感情を懸命に隠そうとしているときの顔。

「――失礼」

立ち上がって部屋の隅に向かうと、背後で弓子が小さく声を洩らした。蓋を外された矢筒の中を覗き込む。黒いカーボンシャフトの矢が八本、先端を下にして入れられている。上を向いて並んだ八つの矢羽根。そのいくつかは、羽根の流れが乱れている。これが、手入れをしたばかりの矢であるはずがない。指を伸ばして羽根に触れてみた。乱れた部分は容易に指先の動きに従い、もとの流れを取り戻した。まったく乱れ癖がついていない。つまり、矢羽根が乱れたのは、何日も前のことではない。

隈島は視線を転じた。居間と寝室を仕切る引き戸が、閉じられたままになっている。昨日はたしか、あの戸は開いていた。

「あちらに入らせていただいても構いませんか？」

「寝室にですか？　どうして？」

隈島は答えず、引き戸に近づいた。

「失礼します」

ゆっくりと戸を引く。中は綺麗に片づいていた。床にはグレーの絨毯が敷かれ、ゴミも小物も、何も落ちていない。壁際に寄せられた木製棚。小さな書き物机。押し入れの襖。そしてベッドが一つ。

「いきなり何です？　理由も説明せずに、少しひどいんじゃありません？」

弓子が背後から刺すような声を投げた。しかし隈島は振り返らなかった。視線は、ある一点を捕らえていた。

「この季節に、あんなに厚い布団を？」

掛け布団が、夏場にしては不自然だったのだ。羽毛布団だろうか、ベッドの上にこんもりと盛り上がっている。

「寒がりなんです」

弓子は隈島の脇をすり抜け、視界をふさぐように立った。隈島は至近距離で目を見合わせた。何、を隠している？　どうして隠している？

「安見さん――」

声をかけたそのとき。

「放っておいて！」

ヒステリックな声とともに弓子が両手を突き出した。隈島は胸を押され、バランスを失って背後によろめいた。

「もう構わないでください！」

「しかし――」

言いかけて、唇を結んだ。自分を睨みつける弓子の目に、危ういものを見たからだ。ほんのわずかな衝撃で、粉々に砕けてしまいそうな何かを。

「隈島さん、お願いします。もう帰ってください」

迷った末、隈島は頷いた。

「わかりました」

弓子に背を向け、入りまじる思いを圧殺しながら寝室を離れる。居間を抜けて玄関へ向かうとき、隈島は座卓の上から十王還命会の冊子を取り上げ、思い切って屑籠に入れた。

「勝手なお願いだとは、重々承知しています。でも、あの連中とは、どうか関わらないでください」

籐《とう》製の小振りな屑籠の中には、日常の様々なゴミとともに、煙草の箱が一つ捨てられていた。隈島の吸っているのと同じ、ラークだ。

「……これは、あなたが？」

「主人が以前、吸っていたんです。ヘビースモーカーだったんですけど、去年の末に禁煙して」

そういえば、この部屋には煙草のにおいがうっすらと染みついている。半年やそこらではなかなか消えるものではないのだろう。それにしても、去年の末に禁煙したのに、何故いま頃になって屑籠の中に煙草の箱が捨てられているのか。隈島がその疑問を口にする前に、弓子のほうから説明した。

「主人が、捨ててしまうのももったいないって言って、とっておいたんですけど、いつまでも置いておいたって仕方がないと思ったので――」

「今日になって捨てた？」

「はい、ようやく」

ラークの箱を手に取ると、中身は半分ほど入っていた。

「これ、いただいても構いませんか？」

弓子は驚いた顔をした。

「ちょうど自分の吸っているのと同じ銘柄なので」

「ええ、あの……構いませんけど」

玄関で靴を履き、最後に室内に向かって深く頭を下げた。暗い外廊下を右に歩いて階段へ向かう。背後でドアの音がしたので、振り返ると、サンダルを突っかけた弓子の姿が近づいてきた。

「あの……」

弓子は立ち止まり、隈島の顔を見つめたまま怖じけたように口ごもった。黒眼がかすかに震え、痩せた咽喉もとの皮膚が呼吸に合わせて動いている。隈島はしばらく待ってみたが、弓子が言葉をつづける気配はない。

相手の表情を読みながら、隈島は訊いた。

「昨日の夕刻前、どこにいらっしゃいましたか？」

「え……」

「単なる捜査の手順の一つです。昨日の午後五時半から六時くらいにかけて、あなたはどこにいらっしゃいましたか？」

トンネルのそばで撲殺された若者の、死亡推定時刻だった。

「六時少し過ぎまでは、パート先にいました。商店街にあるスーパーで、レジ係をやっているんです」

「六時少し過ぎ、ですか」

すると昨日、隈島がここを訪れたとき、弓子はパート先から帰ってきたばかりだったようだ。

「先ほども、パートに行っていたとおっしゃっていましたね。やはり、同じ時間まで？」

「ええ。週日は毎日、朝十時から夕方六時までやっているんです。主人があんなことになって、生活も大変なものですから」

後半は、呟くような声だった。

「しかし、週日全部じゃあ――」

「いいんです」

弓子は隈島の言葉を遮った。

しばし互いに沈黙した。祭り囃子の練習をする音が、暮れきった空に小さく響いている。隈島は弓子の目を見て、一語一語、しっかりと相手に聞かせるように言葉をかけた。

「今日のところは、これで帰ります。ただ、また近々お話を伺いに来るかもしれません。構いませんね？」

弓子は表情を硬くしたまま曖昧に視線をそらせた。

「それと、一つお願いがあります。ある若い男が、もしかしたらここを訪ねてくるかもしれません。でも、絶対に相手にしてはいけない。そういうことがあった場合、ドアの鍵を決して開けず、すぐに警察へ連絡してください。一一〇番でなく、刑事課直通の番号か、私の携帯にお願いします」

隈島は名刺に携帯番号をメモして差し出した。弓子は、まるでそれが重たいものであるかのように、両手で受け取った。

「わかりました」

隈島は腕を伸ばして弓子の肩に触れた。弓子ははっと息をのんで隈島の顔を見た。薄いブラウスの生地を通して、細い肩が強張るのがわかった。

「くれぐれも、気をつけて」

弓子が部屋に戻るのを確認し、踵《きびす》を返して階段へ向かった。外廊下の端から、弓投げの崖と白蝦蟇シーラインがかすかに見える。闇に沈みつつある景色の底で、それらはモノクロームのシルエットになっていた。

階段を下りきったところで声がした。

「――隈島さん」

驚いて顔を上げると、アパート前の路地にセダンが停まっている。運転席のウィンドウを下ろしてにやにやと笑いかけているのは竹梨だ。

「お前、何やってんだ？」

「隈島さんが勝手に飛び出していったあと、課長から指示されたんですよ」

「何をだ」

「安見弓子を張るように。ほら例の、悪餓鬼の弟の襲撃に備えて。どうせ隈島さんもこのアパートに行ったんだろうし、合流しますかって訊いたら、一人でやりたいようならやらせとけって言われました」

「そりゃ……ありがたいな」

とくに今回に関しては。

「あいつは単独行動でいいもん持って帰ることが多いからってね。自分もやってみたいもんですよ、単独行動」

「いつもしてるだろうが」

「コンビの先輩刑事に放置されてるだけです」

半笑いで言いながら、竹梨はゆかり荘の二階に目を向ける。

「んで、どうでした？」

「いまのところ変わったことはないそうだ。本人には警戒するよう言っておいた」

「隈島さんはどこへ？」

「署に戻る」

隈島は両手をズボンのポケットに突っ込んだ。右手には、まだ弓子の肩にふれたときのぬくもりが残っていた。

「ちょっと調べ物があってな」

（十二）

隈島がポケットから取り出したサンプルを、代田はいかにも訝《いぶか》しげに見下ろした。

「……この毛髪は、どこで？」

「それは言えないんだ」

「なら、鑑定もできん。正規の手続きを踏まないと、機材を使えんからな」

「わかってる。だから経験豊富なあんたに頼んでるんだ。鑑識課で誰より信頼されてるシロさんなら、なんか上手いことやって、こっそり調べてもらえるんじゃないかと思って」

さり気なくお世辞を交えてみると、代田は唇を歪め、効果たっぷりに苦渋の表情を浮かべた。

「まあ、そりゃな、できないこともないが……」

二人のそばを、刑事課の仲間が足早に行き過ぎていく。

「で？　このサンプルを、昨日の若者の殺害現場に落ちていた毛髪と比較すればいいのか？」

「そう。現場には何種類か毛髪が落ちていたようだが、その中に、これと一致するものがあるかどうかを知りたいんだ。それだけわかればいい」

「残念ながら今日はもう帰るところだ。妻が体調を崩していてな、孫娘に夕食をつくってやらないといかん」

「なら明日の朝、頼む」

代田は去年、シングルマザーだった一人娘を病気で亡くし、その娘が残した二歳の孫娘を引き取って暮らしている。

「あんた以外、誰にも頼めないんだよ」

最後にひと押しすると、代田はもうしばらくじらしてから、わざとらしい溜息を聞かせた。

「ま、やってみるか」

代田の姿が廊下の先に消えるのを待って、隈島は壁際の長椅子に尻を落とした。深々と息をつき、首を垂れて指を組む。

疑惑と不安で、頭の中は隙間もないほどに埋め尽くされていた。

先ほどアパートの外廊下で、若い男が来たら警察に連絡しろと隈島が言ったとき、弓子は何も訊き返さなかった。「若い男」というのがどこの誰なのか、確認しようともせず、ただ、わかりましたと応じた。どうして気にならないのか。若い男に気をつけろなどと曖昧なことを言われ、何故、詳しく訊こうとしないのか。

不自然なことは、ほかにもある。

――寒がりなんです。

あの羽毛布団。

ベッドの上にあった、あのふくらみ。

「隈島、やばいぞ、下手を打った!」

せわしい足音が近づいてきた。ついさっき隈島と代田の脇を抜けていった同僚の刑事だ。

「どうした」

「森野雅也に逃げられた!」

「逃げられた? どうやって?」

「お前が取調室であいつを突き飛ばしただろう、そのとき床に打ちつけた場所が痛い痛いって、あんまりうるさいもんだから、若いのに付き添わせて病院へ連れていってやったんだ。そしたら診察中に医者を殴りつけて――」

（十二）

隈島と別れ、玄関のドアを閉じた瞬間から、弓子は手足がばらばらに抜けてしまうような脱力感に襲われ、その場に座り込んでいた。視界が白く霞み、両耳には、細い声がまじった自分の呼吸音ばかりが聞こえた。これまでなんとかつないできた精神力が、もう限界を迎えていることを、弓子はいまはっきりと自覚していた。

——白色系の花をつける植物を育てるといいらしいんです。

あんな嘘を、隈島は信じただろうか。

外廊下のプランターの下には、赤黒い血の染みがある。雑巾でいくら拭いても、コンクリートに染み込んだ色までは取れなかった。だから弓子は、ベランダにあったプランターをそこへ置いた。十王還命会のアドバイスだなどと説明したのは咄嗟の思いつきだった。プランターをあの場所に置き、急いで玄関を入ろうとしたところに、たまたま宮下というあの女がまた訪ねてきたので、そんな嘘が浮かんだだけだ。彼女のアドバイスどころか、実際には会話の内容さえろくに思い出せない。宮下が話しているあいだ、弓子は自分の動揺を見透かされないよう、必死に頰を持ち上げ、相手の話にただ頷いていた。憶えているのは、宮下がこれから毎日、蝦蟇倉東トンネルのあの場所に花を供えるつもりだと言っていたことくらいだ。

——昨日の夕刻前、どこにいらっしゃいましたか？

隈島は、気づいているのだろうか。

――先ほども、パートに行っていたとおっしゃっていましたね。やはり、同じ時間まで？

気づいていなければ、あんな質問をしてくるはずがない。

背後の壁を頼りながら、弓子はなんとか立ち上がった。居間を抜け、暗い寝室に入り、窓辺に近づく。片手でカーテンに隙間をつくって顔を近づける。路地に一台のセダンが停められているのが見えた。あれは刑事なのだろうか。


「十九時、三十六分……」


セダンの運転席に座っていた男がこちらを見た。目が合うと、彼はひょこりと首を突き出して会釈した。弓子はカーテンを閉じて窓辺を離れた。

ベッドの脇に立つ。

盛り上がった羽毛布団の端を、震える手で持ち上げる。

「どうすればいいの……」

若い男の、白い腕。さらに大きく布団を捲る。硬くなった男の腕は、胸のほうへ曲がり、そこに突き刺さったカーボンシャフトの黒い矢を摑んだままでいる。Tシャツの胸は真っ赤に染まり、その色はすでにマットや羽毛布団の裏へと広がっていた。

「どうすればいいのよ……」

弓子は床に膝をついた。がたがたと歯が鳴っていた。両手の指で絨毯を掴むようにして、弓子は泣いた。声を放って泣いた。嗚咽の中で、弓子は夫の名を呼んだ。

（十三）

七月七日、午後六時五分。

昨夜病院から逃げ出した森野雅也は、いまだ見つかっておらず、弟の森野浩之のほうも行方がわからないままだった。蝦蟇倉警察署は最大限の捜査員を導入して二人の捜索にあたっていた。ゲームセンターやファストフード店など、若者が立ち寄りそうな場所にはひと通り聞き込みを行い、駅やバス停には刑事が張り込んでいる。各タクシー会社にも連絡し、茶色い五分刈りの頭の若者を乗せた場合はすぐに連絡してほしいと依頼してあった。森野兄弟に共通する特徴だ。

しかし、見つからない。

弟のほうは、そもそも近場にはいないのかもしれない。隈島はそう思いはじめていた。森野浩之が弓子のアパートへ向かったというのは自分の勘違いで、はじめから、どこかまったく別の場所にいるのではないか。

だが、病院から逃げ出した兄のほうは、おそらくまだ市内のどこかにいるはずだ。

隈島は蝦蟇倉中央商店街を南から北へ向かって歩いていた。周囲に視線を這わせ、森野雅也の姿を捜しながら。

午後から七夕祭りがはじまり、商店街は人で溢れかえっていた。短冊を下げた大きな竹が何本も、道の真ん中に並び立ち、人混みを二分している。頭上のアーケードには派手な電飾が縦横に張られ、金銀の星や月が、そこここにぶら下がっていた。その飾りつけを直す、ボランティアらしい作業員たち。露店で声を張る的屋《てきや》。浴衣姿の歩行者たち。もちろん、ただの買い物客の姿もある。商店街の多くの店が、店頭に特別セールのワゴンを出して人を集めていた。

——もう構わないでください！

ゆうべ聞いた弓子の声が、あれから何度も耳の奥で繰り返されている。

今日の午前中までに、弓子の証言の裏付けは完了していた。殺人のあった一昨日も、昨日も、彼女はたしかに商店街のスーパー「タイヘイ蝦蟇倉店」で働いていた。ただ、途中で持ち場を離れたようなことはなかったかという隈島の質問に対し、弓子の同僚たちは揃って曖昧な顔をした。よくわからないのだという。

タイヘイは一昨日も昨日も、協賛している七夕祭りの準備を手伝い、またそこで行われる店頭販売のセッティングにも追われていた。いつもより多くパートタイマーを動員し、それぞれが一日中、レジと売り場と、祭りの準備をしているスペースを、慌ただしく行き来していた。つまり、一人くらい途中でどこかへいなくなっても、誰も気づかなかっただろうということなのだ。

タイヘイは、南北に延びる商店街の、ちょうど真ん中にある。弓子はいつも店まで自転車で通っていた。

彼女は事件に関係しているのか、いないのか。まるで猜疑心というものが不眠症にかかったように、あらゆる疑いが隈島の脳裏を去来していた。

今日は土曜日で、弓子はパートには出ていない。先ほど竹梨に連絡したところ、アパートから出てくる姿は今朝から見ていないという。部屋を訪ねてくる人間も、いまのところ一人もいないとのことだった。

尻のポケットから地図を取り出してひらく。この地域のサイクリングマップで、役所やレンタルサイクル店、警察署にも置かれているものだった。安っぽいが、道や海岸線の形状がかなり正確に描いてある。地図には隈島の手でゆかり荘が描き加えてあった。そこから白蝦蟇シーラインへとつづく縦の道を、ゆっくりと目で追ってみる。自らの疑惑をなぞるように、何度も視線を往復させる。

「すんません、ちょっとそこお願いしまーす」

印半纏《しるしばんてん》を身につけ、両足を剝き出しにした男が近づいてきた。隈島と周囲の人たちに、場所を移動するよう大声で促している。男の背後に従っているのは大きな山車《だし》だった。祭り囃子を演奏するための櫓《やぐら》を乗せているが、いまはまだ演奏者はおらず、がらんとしている。六時半からはじまる本番では、あの櫓に演奏者たちが乗り上がり、竹笛を吹き、太鼓を打ち鳴らす。賑やかな音を響かせながら、きっかり一時間かけて商店街を北端から南端までじりじりと移動していく。

携帯電話が鳴った。ディスプレイには市内番号が表示されている。

「隈島です」

『刑事さんですよね？　私、アオキ・モータースの青木ですが』

「ああ、どうも今朝ほどは」

今日の午前中、スーパーでの聞き込みのあと、隈島は市内にある車の修理工場を回っていた。アオキ・モーターズはそのうちの一軒だ。

『例の件、わかりましたよ。刑事さんの言ったとおりでした』

肋骨の内側が、どくんと鳴った。

「というと、私がお訊ねしたようなことが、実際にあったんですね？」

『うちの若いやつらに訊いてみたんです。そしたらその中の一人が憶えてました。たしかに五月の中頃、電話があったようです。白色系のウィンカーランプのカバーを注文するから自宅に届けるようにって』

「で、実際にそれを届けた？」

『ええ、届けたそうで』

「客の年恰好は？」

『刑事さんのおっしゃったのと、だいたいいっしょでしたね』

隈島は思わず目を閉じた。

『でも刑事さん、これって何かおかしな事件に関係してるとか、そういうんじゃないでしょうね。うちの若いのも、ちょっと心配しちゃって――』

店に迷惑はかけないと約束し、隈島は通話を切った。周囲のざわめきがよみがえり、熱気とともに全身を包んだ。

もう、間違いないのかもしれない。

「いや、まだだ」

わざと声に出して言い、隈島はふたたび携帯電話を握り直した。もう一つ、確認しなければならないことがある。

署に電話をかけ、代田につないでもらった。昨日の毛髪の件について訊ねると、相手は呑気な声で応じた。

『おお、あれか。ちょうどさっきわかったところだ』

代田は自分の仕事の成果を聞かせた。内容は簡単なものだった。隈島が提供したサンプルは、一昨日の殺人現場で採取した毛髪の一本と一致したらしい。それを聞いた瞬間、隈島の中で疑惑は確信へと変わった。

電話を切り、隈島は背広のポケットに手を入れ、アパートの屑籠で拾ったラークの箱を取り出した。

人混みの中で、その箱をじっと見た。

（十四）

同日、午後七時七分。

「八月までには落とすわ」

宮下志穂はバンの後部座席で唇の端を持ち上げた。

「安見弓子さんですか?」

ハンドルを握る奉仕部の部下、吉住《よしずみ》が、ルームミラーごしに目を向ける。宮下は頷きながら、タイトスカートに付いていた黄色い菊の花弁を払った。たったいま、白蝦蟇シーラインのトンネルに、新しい花束を供えてきたところだった。

「そ、彼女。新盆を迎えると、法事でお坊さんが余計なことを吹き込んじゃうから、その前に入会させなきゃ」

「花は効いてますかね」

「昨日のあの感じだと、成功してるみたい」

宮下が昨日、これから毎日事故現場に花を供えるつもりだと話したとき、安見弓子は笑顔を見せた。少々強張った笑顔ではあったが、あれは戸惑いと嬉しさが入り混じったものだったのだろう。これまで十王還命会の奉仕部で勧誘の仕事をつづけてきた経験から判断すると、近い将来、安見弓子が入会する見込みはかなり高い。追慕の気持ちを赤の他人が共有しようとしていることに対し、遺族が見せる反応は、はっきりと二つに分けられる。快か、不快か。弓子の場合は間違いなく前者だ。

「この先、あのアパートですけど、今日は寄っていかれますか?」

バンは白蝦蟇シーラインから分岐した道を、南に向かって走っていた。もうすぐ左手にゆかり荘が見えてくる。

「今日はやめとくわ。このまま支部へ戻ってちょうだい。三日連続の訪問は逆効果になることが多いの。基本は、ケン、ケン、パ、よ」

訪問、訪問、反応待ち。訪問、訪問、反応待ち。これがいちばん効率的だというのが宮下の持論だった。

「アパートの前は、なるべく急いで走り抜けてね。彼女に見られると、ケン、ケン、ケンになっちゃうから」

「見られるだけなら、ケン、ケン、ケ、ぐらいじゃないですか？」

「そうね、ケだわね、ケ」

二人して笑ったとき、前方の暗がりにゆかり荘の外壁が見えてきた。吉住がアクセルを踏み込み、バンはスピードを上げる。エンジン音が高まり、周囲の景色が勢いよく背後に流れる。宮下は足を組み、シートにゆったりと背中をあずけた。しかし、ゆかり荘の前を抜けようとしたとき、突然フロントガラスの右側から人影が現れ、鈍い激突音とともに闇の中へ弾き飛ばされた。吉住がブレーキペダルを踏みつけ、タイヤの絶叫が響き渡り、身体が前方に持っていかれてシートベルトが胸を絞り上げた。人影はねじれながら激しく転がり、片手に握られていた何かが宙を舞い、がくんと車が停まった直後、その何かが暗い地面に音もなく落下した。

午後七時八分のことだった。

（十五）

森野雅也は周囲に視線を走らせながら蝦蟇倉中央商店街を進んでいた。

祭りを楽しみながらへらへら笑っている連中を、一人残らず殺してやりたかった。

昨日の夜、医者を殴りつけて病院を逃げ出してから、何も食べていない。しかし空腹などまったく感じず、腹は不安で冷たくふくらみきっていた。

街の中を逃げ回っているあいだ、何度か刑事らしき人間を見た。きっと、大勢で自分を捜しているのだ。人混みの中にいたほうが目立たないと考え、この商店街へと入り込んだのは、二時間ほど前のことだった。

携帯電話で時間を確認すると、六時五十八分。祭り囃子がやかましい音を聞かせている中、森野雅也はもう一度、弟の番号に発信した。

「くそが……」

やはり通じない。電源が切られているらしい。

――ぜってえそうだ。俺たちが殺したあの男の、カミさんがやったんだ。

ヒロは、殺されたナオのことを心から慕っていた。

――俺が仇《かたき》とる。いまからあのアパート行って、男のカミさんをぶっ殺す。

昨日の午後、ヒロは部屋を飛び出していった。キレたときの尖った目をして。上から皮を引っぱられているように引き攣った顔をして。自分はあのとき弟を止めなかった。やりたいようにさせてやろうと思った。でも本当は、怖かったのだ。去年の大きな兄弟ゲンカで、こっちがもう立てなくなっていたのに、それに気づいてもいないように殴りつづけ、蹴りつづけた弟が怖かった。そのあと自分が無茶苦茶にした兄の姿を見下ろしながら、心底驚いたような顔をしていた弟が怖かった。昨日、ヒロが部屋を飛び出したあと、自分は長いこと床に座り込んでいた。追いかけたほうがいい。止めたほうがいい。でも、ヒロがあの男のカミさんをぶっ殺すと言っていたのは、本当の意味ではなかったのかもしれない。実際には、脅しつけて、怒鳴りつけて、ナオを石で殴り殺したことを白状させて、土下座させるくらいですますかもしれない。刑事がやってきて警察署に連れていかれたのは、そんなことを思っていたときのことだった。

「どうなったんだよ、ヒロ……」

弟がまだあのアパートへ行っていないなんて考えにくい。ヒロはいつでもキレると即座に事を起こす。あいつは昨日、部屋を飛び出したあと、真っ直ぐにゆかり荘へ向かったはずだ。あいつは絶対に行った。自分にはそれがわかる。わかるから、ゆうべ病院から逃げ出した直後、自分もゆかり荘まで全力で走った。かなり距離はあったが、一度も止まらずに走った。しかし建物に近づくことはできなかった。一台の車が路地に停まり、中に男が乗っているのが見えたからだ。あれもたぶん刑事だったのだろう。ヒロがアパートに向かったことは、隈島というあの刑事にばれてしまった。だから、それを警戒して、別の刑事が張り込んでいたに違いない。

いったいどういうことなのだ。弟は確実にあのアパートへ行ったはずなのに、そこには刑事が張っている。まるでまだヒロが現れていないかのように。もしまだアパートへ行っていないとしたら、どうしてヒロと電話がつながらず、メッセージを送っても既読にならないのだ。

「やられちまったのかよ……」

返り討ちに遭ってしまったのではないか。相手は女だけど、凶器を持っていたら、それもあり得る。弟はあの男のカミさんにやられ、動けないような怪我をして、いまごろアパートに監禁されているのではないか。アパートを張っている刑事は、それを知らないのではないか。可能性はある。いや、あるどころか、かなり高い気がする。考えれば考えるほど、それしかないように思えてくる。

「確かめりゃいい……」

顔を上げた。そこはちょうど商店街の中ほどにあたる場所だった。浴衣姿で陽気に笑っている奴らの向こうに、タイヘイ蝦蟇倉店の看板が見えた。

「確かめりゃいいんだ」

通行人たちに肩をぶつけながらスーパーへと近づく。店頭に出されたワゴンを見ると、右端の一台で金物が売られている。

「はい、いらっしゃいませー」

パッキングされた文化包丁をワゴンから摑み出し、無言で販売員の中年女に差し出した。相手はこっちの顔を確認しようともせず、それをレジ袋に入れた。代金を払ってワゴンを離れ、遠ざかりながら、ちらりと振り返る。販売員の中年女と目が合ったので、急いで視線をそらした。いくらか進んでから、もう一度振り返ると、販売員が上司らしい男に早口で何か話していた。二人の顔が、すっと同時にこちらを向き、男のほうがワゴンを回り込んで近づいてくる。

「ちくしょう……！」

そばにいたカップルを突き飛ばし、森野雅也は駆け出した。甲高い竹笛の音が間近で響いている。祭り囃子を鳴らしながら、大きな山車がスーパーの前を移動していく。それを追い越し、夢中で走る。このまま商店街の南端まで行き、左へ曲がればアパート前の路地に出る。

「ヒロ――」

捕まっているなら、俺が助けてやる。レジ袋とパッケージを地面に投げ捨て、握った包丁をTシャツの腹に隠す。行く手をふさぐ人々をジグザグに避《よ》けながら、突き飛ばしながら走る。もたつく足取りに苛立ち、焦りばかりが自分を追い越していき、耳の奥ではヒロの声が聞こえていた。

――俺が仇とる。いまからあのアパート行って、男のカミさんをぶっ殺す。

――尚人《なおと》さんを殺したのは、ぜってえあの男のカミさんなんだ。

――俺が尚人さんの仇を討つんだ。

その声にかぶさるようにして聞こえてきたのは、刑事の言葉だった。取調室でいきなり胸ぐらを摑んで突き飛ばした、隈島というあの刑事の言葉。

――お前に一つ、大事なことを教えてやる。

床に倒れた自分を見下ろして、刑事は言った。

――お前たちは大きな勘違いをしている。

俺が馬鹿だったんだ。俺たちが馬鹿だったんだ。

――セダンの運転手は亡くなってなどいない。

俺たちが新聞を読まないから。俺たちがニュースを見ないから。

――亡くなったのは直哉《なおや》くんという、隣に座っていた四歳の息子さんだ。

車は助手席側が大きくつぶれ、遺体は外から見えない状態だった。チャイルドシートを使っていたので、もしも早い段階で救急車を呼んでいれば、子供の命は助かった可能性があったのだという。

――お前たちが殺そうとした人は、両目の光を失って自宅で療養をつづけている。

何もかも、もう遅い。いま自分にできるのは弟を見つけることだけだ。咽喉の奥で唸り声を洩らしながら走る。必死で両足を動かす。

Tシャツの下で、包丁の柄をしっかりと握りしめたまま。

（十六）

隈島は商店街の真ん中で立ち尽くしていた。

竹笛と太鼓の音が、だんだんと大きくなる。祭り囃子を乗せた山車が近づいてくる。自分はいったい何をしているのか。こんなところで、いつまでうろうろしているつもりなのか。やるべきことはもうわかりきっているのに。いますぐにでもゆかり荘へ戻り、安見邦夫を問い詰めるべきなのに。

手にしたラークの箱を睨みつける。

弓子の部屋の屑籠からこの箱を拾い上げたのは、そこにあった毛髪が目的だった。ラークの箱のそばに、埃に交じって一本の毛髪が見えたのだ。弓子のものよりも太く、短い毛髪。安見邦夫の毛髪。

そのサンプルは、殺害現場の近くで採取されたものと一致した。

もう、間違いない。

しかし隈島の足は動かなかった。ゆかり荘のドアを叩いて安見邦夫に説明を求めることが、どうしてもできなかった。十何年も、自分は刑事をやっている。しかしそれよりもずっと長い時間、人間をやっている。

安見邦夫が最後に見たのは、若者たちの顔だったらしい。RVの所有者である梶原《かじわら》尚人、そして森野雅也と森野浩之の兄弟。四月五日の夜、三人の若者は、運転をしていた梶原尚人の不注意から、安見邦夫の車に事故を起こさせてしまった。梶原尚人は事故を隠蔽しようと、息のあった彼を、無惨にも殺そうとした。ハンドルに何度も彼の顔面を叩きつけて。それを、ほかの二人は止めもせずに見ていた。助手席の下で息絶えようとしている安見直哉の小さな身体に、気づくこともせず。

自分が安見邦夫の立場だったら、同じことをしていただろうか。その考えを否定することは、隈島にはできなかった。手段はどうであれ、自分も若者たちに対し、身体が燃えてしまうほどの殺意を抱いていたに違いない。

安見邦夫がやったことを、頭の中で順序立てて思い描く。

彼はアオキ・モーターズという車の修理工場に電話をかけ、白いウィンカーランプのカバーを自宅まで持ってこさせた。それが五月半ばのことだ。アオキ・モーターズを選んだのは、おそらく一〇四の案内係に、市内の店ならどこでも構わないとでも言ったのだろう。そして案内係はデータの先頭にある店の番号を教えた。アオキ・モーターズが電話帳の先頭にあることは、すでに確認が取れている。

手に入れたウィンカーランプのカバーを使い、安見邦夫はトラップを仕掛けた。それは彼自身にとっても危ういトラップだった。相打ちになっても構わないという覚悟だったのかもしれない。彼は毎日のように、視力を失った身体で、あのトンネルの出入り口付近へと向かい、事故現場にカバーの破片を置いた。そして相手が現れるのを待った。おそらくはあの、丈のあるススキやセイタカアワダチソウの茂みの中で。成功する確率の低さなど、きっと彼の頭にはなかった。ただ、自分に実行可能な手段で、相手に復讐しようとした。ゆかり荘からトンネルまでは一本道だ。それを往復することは、目の見えない安見邦夫にも不可能ではない。

そして、相手はとうとうトラップに掛かった。ＲＶを運転していた梶原尚人は、路傍の破片を自分の車のものかもしれないと考え、車を停めてそれを拾った。そしてふたたび車に戻ろうとしたところを、安見邦夫によって殺害された。凶器の石は、バッグにでも入れて持参していたのだろうか。石を相手の脳天に命中させることができたのは、おそらくあの若者のつけていた整髪料の匂いのためだろう。視力を失った安見邦夫は嗅覚が敏感になっていたはずだ。一撃で殺せるとまでは思っていなかったかもしれないが、相手の頭がある場所はわかったに違いない。

人違いの可能性については考えていなかったのだろうか。それが隈島には疑問だった。同時にそれが、もっとも恐ろしく感じる部分でもあった。匂いだけを頼りに相手を梶原尚人と判断して殺害し、もしその人物が、偶然同じ整髪料をつけていただけの他人だったとしたら。

「何か、口にした……？」

殺害される直前、梶原尚人が声を発した可能性もある。彼はあの場所で、何らかの言葉を口にした。そしてその声を聞き、安見邦夫は、相手が自分を地獄へ叩き落とした人物であると確信し、石を振り下ろした。

昨日、ゆかり荘で見た光景。外廊下のプランター。蓋の取れた矢筒。乱れた矢羽根。弓道で用いる矢はそれほど鋭利なものではないが、男の力であれは、あれで人を刺すことは充分に可能だ。昨日の午後、森野雅也の弟、森野浩之は、ゆかり荘にやってきた。弓子に対してお門違いの復讐をしようと目論んで。彼女がパートに出ている時間帯に。そのとき安見邦夫がすぐにドアを開けたのかどうかはわからない。いずれにしても、ドアにはチェーンが掛けてあった可能性が高い。室内に格闘の痕はなかったので、森野浩之は中に入っていないと思われるからだ。安見邦夫は、ドアの向こうにいる相手が憎むべき三人のうちの一人だと知ると、部屋の隅に置かれていた矢を手に、玄関に立った。チェーンが掛かった状態でドアをひらき、その隙間から矢を突き出した。相手が絶命したとわかると、その遺体を室内に引き摺り込んだ。

そして、寝室のベッド。

昨日、安見邦夫が寝ていたベッド。夏だというのに、厚い羽毛布団が掛けられ、その布団は大きくふくらんでいた。一人分のふくらみにしては不自然だった。隈島から見えていたのは安見邦夫の顔だけだったが、あの羽毛布団の下には何か大きなものが入っていた。森野浩之の身体。カーボンシャフトの矢が突き刺さった遺体。ベッドにそれを隠したのは弓子かもしれないし、あるいは二人で協力し合ったのかもしれない。昨日、隈島が訪問し、中で話を聞こうとしたとき、弓子は洗濯物を片づけると言い、しばらくのあいだドアを閉じていた。あの時間で遺体をベッドに運ぼうと思えば可能だ。

隈島が最初に安見邦夫に疑いを持ったのは、じつのところ、つい昨日のことだった。アパートの部屋にあった、あの醬油さしを見たときだ。倒れても中身がこぼれない醬油さし。買って間もないように見える醬油さし。もともとそれほど頻繁に買い換えるものではないし、とくに、こんなタイミングで新しいものを買ってくるだろうか。そう考えたとき、その醬油さしが、目の見えない安見邦夫のために購入されたものだと気づいた。そして、視力を失ってしまった人間も、多くのことを一人でできるのだということに、あらためて思い至った。

だから隈島は、弓子が普段家を空けている時間帯を確認した。彼女は週日、朝から夕方までパートに出ている。つまり、そのあいだ夫が何をしていたのかは、彼女にはわからない。毎日のように安見邦夫がトンネルの出口にトラップを仕掛けても、そのトラップに掛かった梶原尚人を撲殺しても。昨日、森野浩之がアパートへやってきたときだって、彼女はまだパート先にいたはずだ。

祭りの賑わいの中、隈島は強く目を閉じた。自分が持っている情報は、まだ捜査本部と共有していない。安見邦夫が殺人犯である可能性に、いまは自分しか気づいていない。このまま黙っていたい。知らないふりをしていたい。しかしそれは刑事として許されないことだ。こんなにも強く、刑事を辞めてしまいたいと思ったことは、これまでなかった。

やがて、隈島は一つの結論を出した。

捜査本部で情報を共有する前に、まずは一人で安見邦夫と話をし、ことの真偽を確かめる。自分が考えていることが、はたして正しいのかどうか。もし正しかったなら、その場で本部に連絡をする。すべてが見当違いの妄想であれば、それでいい。引き続き脳みそを絞って捜査をつづけるまでだ。

決意が逃げてしまわないよう、隈島が商店街を歩き出そうとしたとき——。

「何あの人」

どこかで声がした。

ついで、別の声が聞こえた。

「あいつ包丁持ってなかったか？」

「嘘、やめてよ」

一瞬で周囲のざわめきが消えた。頭の中に唐突な空白が降り、すぐにその空白に、森野雅也の顔が大写しで浮かび上がった。病院から逃げ出したあと、弟と連絡が取れないことで、彼がゆかり荘へ向かう可能性はないか。周囲に視線を走らせる。祭り囃子を乗せた山車が目の前をふさいでいる。隈島は人混みを掻き分けて動いた。山車の向こうにタイヘイの看板が見える。ゆかり荘へ向かうには、商店街を南端まで抜けて左へ走れば十分ほどだ。しかし、この人混みを考えると、その倍はかかるだろう。先に商店街を出て路地を走ったほうが早いかもしれない。距離は多少伸びても、時間は縮まる可能性がある。そう考えると同時に、隈島は山車の背後を抜けて路地に駆け込んでいた。

片手にラークの箱を握ったまま。

（十七）

「十九時、四分」

女性の合成音声が小さく響いた。

邦夫が盲人用の腕時計で時間を確認したのだ。

「私が警察に行く。ぜんぶ、話してくる」

ベッドの縁に腰掛けた邦夫の前にひざまずき、弓子は夫のシャツを両手で摑んでいた。若い男の遺体は、昨夜のうちにベッドから下ろされ、部屋の隅でしんと天井を見つめている。

昨夜、邦夫は弓子にすべてを告白した。二人がきちんとした話をしたのは、あの禍々《まがまが》しい事件が起きてから初めてのことだった。若者たちに無残な暴行を受け、夫は視力を奪われた。さらに一人息子の直哉を――まだ幼稚園の年中にあがったばかりの直哉を失った。それを知ったときから、邦夫は別人になった。夫のかたちをした、冷たい、中身の見えない何かへと変わった。弓子がどう声をかけても、ただ自分を一人にしてくれと繰り返すばかりだった。ものが見えない生活に一人で順応しなければならない。邦夫は弓子にそう言った。一人きりで過ごすことは、いまの自分にとって重要なことなのだと。

ほかにどうすることもできず、弓子は邦夫の言葉に従った。目の不自由な夫が心配でならなかったが、週日の朝から夕方までパートに出ることを決め、それを実行した。しかし、邦夫が一人でいたがった理由は、生活への順応などではなかったのだ。

「私があなたの気持ちを理解して、そばにいれば、こんな――」

「きみのせいじゃない。悪いのはきみじゃない」

夫は両目を閉じたまま声を返す。顎をわずかに持ち上げ、顔を天井の明かりにさらし、声は隙間風のように厚みがなく、感情も、温度もともなっていない。

「これは僕が一人で決めて、一人でやったことだ。だから、僕が最後までやる」

全身の血が、すっと抜けていった。弓子は息をのんで夫のシャツを引き寄せた。

「最後までって……」

邦夫は顔を光にさらしたまま、引き攣れが残る上唇を持ち上げた。

「ここで終わったら意味がない。僕のためじゃなくて、直哉のためだ。直哉の命はあの三人が奪った。まだ、三人のうち、一人が生きてる」

「邦夫さん、もうやめて――」

「どんな方法がいいかって、いま考えてるんだ。きっと、上手くいく方法があるはずなんだ」

息を震わせてその顔を仰ぎ見ていると、夫はゆっくりと唇を細めて顎を引き、その顔全体が薄い影に覆われた。

「そうか、花だ」

「何を言ってるの……」

「例の宗教団体が、直哉のために花を供えていると言っていただろう。いまそのことを考えていたら、思いついたんだ。僕はまた、同じ場所で待っていればいい。そうすれば、最後の一人がやってくるかもしれない。仲間のための花を持って、やってくるかもしれない。仲間が殺されたあの場所に」

弓子を押しのけるようにして邦夫は立ち上がる。

「これから行ってくるよ。あの場所で、最後の一人を待つ。誰かが現れたら話しかけて、現れるたびに話しかけて、それを何度もつづけて、あの若い男の声が返ってくるまで待つ」

両手を胸の前に持ち上げ、邦夫は寝室を出ようとする。弓子がその背中に追いすがると、振り向きざま肩を突き飛ばされた。夫はそのまま寝室を出て、居間の隅へ向かって進み、コーナーボードの後ろの矢筒から一本の矢を抜き出した。

「また、これで――」

弓子はふたたび邦夫の背中に追いすがろうとした。しかし一瞬早く邦夫が身体を回し、手にした矢を振り下ろした。風を切る鋭い音がして、右の肩に強い衝撃を感じ、弓子は床に膝から崩れ落ちた。

「止めたら許さない」

背中を向け、邦夫は玄関に向かう。弓子は立ち上がろうとしたが、膝が萎《な》え、身体が持ち上がる前に沈んでしまう。邦夫はドアを出ていく。弓子は浅い呼吸を繰り返しながら必死で床を這い進んだ。なんとか玄関へたどり着き、ドアのノブに手が届いた。それを摑み、全身を持ち上げた。

「邦夫さん――」

身体をドアの外へ押し出す。そのまま外廊下の柵に両手ですがる。

「邦夫さん！」

暗い路地に叫びながら、弓子は手すりから上体を乗り出した。耳を刺すブレーキ音。その中で聞こえた重たい響き。人影が暗い地面に落下し、それを追いかけるようにして、その手に握られていたものがアスファルトに転がる。

路傍でねじれた身体は、もうぴくりとも動かなかった。

遠くで祭り囃子が聞こえていた。

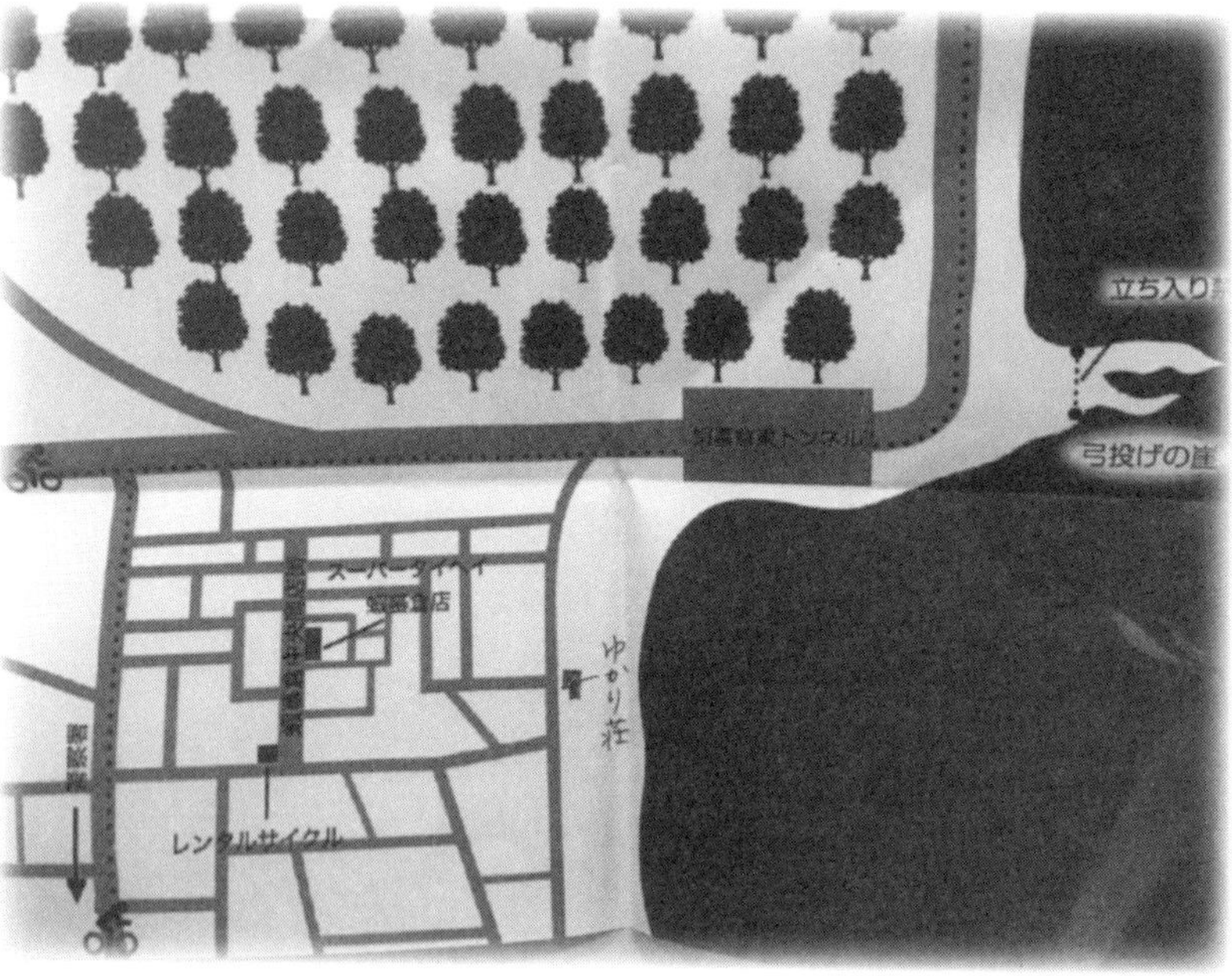
立ち入り
弓投げの
ゆかり荘
レンタルサイクル

第二章

その話を聞かせてはいけない

（一）

半ズボンのポケットに突っ込んだ唐辛子が目立たないように、珂《カー》は腰を引いた体勢で店内を歩いた。スーパー「タイヘイ白沢店」の広さは学校の体育館くらいで、ものすごく大きな店というわけではないけれど、出口までが途方もなく遠く感じられた。

すぐそこで、店員のおばさんが棚に缶詰を並べている。

おばさんはふと手を止めて、珂に顔を向けた。鼻と口がマスクで隠れ、目だけが警察みたいに鋭い。その視線に、珂は全身が冷たくなり、しかし唐辛子のパッケージが入った右のポケットだけは、焼けるように熱かった。おばさんが見ているのは、どうやら珂の顔ではなく、頭だ。真っ赤な毛糸の帽子。母の帽子。まだ珂が生まれる前、湖北省《フゥベイション》の自宅で撮られた写真でも母はこれをかぶっていたし、珂が五歳のとき、家族三人でたどり着いた羽田空港の記念写真でもかぶっていた。それから五年経ったいまも、夏以外の外出時にはいつもかぶっている。これをこっそり借りてきたのは失敗だったのかもしれない。色がだいぶすすけているとはいえ、やっぱり目立つ。いま自分の姿はいったいどんなふうに見えているのだろう。半ズボンから飛び出した、ゴボウみたいに痩せた足。袖口が汚れきったジャンパー。頭には赤い毛糸の帽子。でもこの帽子は、いまポケットに入っている唐辛子の小袋と同様、どうしても必要だったのだ。

ポケットに両手を突っ込んだまま、腰を引いて歩きつづける。おばさんがようやく目をそらして商品棚に向き直る。その後ろを行き過ぎるとき珂は、自分の小さな身体がわずかな風を起こし、その風に唐辛子のにおいがまじって、おばさんの鼻に届いてしまうのではないかと思った。意味もなく息を止めながらおばさんの背後を抜けた。何も言われない。こちらを振り返られもしない。出口までもう少し。五台並んだレジを迂回《うかい》して——あと少し。ムカデのようにつながった買い物カートの脇を過ぎ、自動ドアを抜ける。うっかり歩調が速まり、一度そうなってしまうと、もうスピードは上がるばかりで、気づけば珂は夢中で路地を駆けていた。ネズミみたいに角を曲がる。もう一度曲がる。真っ直ぐな道に出たところで足を止め、背後を見る。

追いかけてくる大人はいない。

生まれて初めての万引きは、どうやら成功したらしい。

覆いかぶさるように広がる冬空の下、珂はふたたび歩きはじめた。まだ終わっていない。もう一つ手に入れなければいけないものがある。クラスメイトに、わざと踏まれて折られた赤青えんぴつ。父と母にそのことを打ち明けられず、でも自分で折ったり失くしたりしたなんて嘘もつけず、悩んだ末、新しいものを盗むことに決めた。小遣いをもらえないのだから、ぜんぶ自分の力で手に入れるしかない。折られた赤青えんぴつも、唐辛子も。

唐辛子なんて、両親がやっている中華料理店の厨房にいくらでもある。赤青えんぴつも、ちょうど真ん中あたりで折れていたので、赤と青を一本ずつ別々に使うことはできる。でも、もし父や母に唐辛子の使い道を訊かれたら答えようがないし、新品の赤青えんぴつは、自分をこれ以上みじめに感じないために必要だった。

路地の左側に文房具店が見えてくる。珂の家のように、一階が店舗で、二階が住居。店の入り口はガラスの引き戸。引き戸の手前には車庫があり、汚れてくすんだ白い軽ワゴン車が鼻先をのぞかせている。

古関文具店の読み方は「こせき」かもしれないし「ふるせき」かもしれない。珂はこれまで二度、ここに来たことがある。母が、店で使う伝票を買ったとき。そして、思い出せないけれど、別の何かを買ったとき。一度ずついっしょに入った。床も天井も古く、木でできたレジカウンターの向こうに小さな部屋があった。母に連れられて来たのは、夏と冬。夏はその小部屋で扇風機がかくかく回り、冬はコタツが置かれ、どちらの日も、丸顔でまぶたのやさしいおばあさんが、しんと一人で座っていた。そのときの、仏像みたいなおばあさんの様子も、今日この店を選んだ理由だったかもしれない。年上の人は敬わなければいけないと、いつも教えられてきたのに。

首に力が入らず、うなだれながら、地面を見つめて店に近づく。雲が太陽を隠したときのように、胸の中が薄暗い色に変わっていく。

ふと視線を感じて立ち止まる。

目を向ける前に、予想はついていた。

路地の右側に延びる道。その道の脇に、町の掲示板がある。プラスチックのカバーがひび割れた、古い掲示板。誰かがいる。掲示板のそばに立っている。

見ると、それはやっぱりあいつだった。

洗濯物でも浮いているように、ぺらぺらに痩せた身体。両脇に垂らした白い袖が、風と関係なく揺れている。顔を見てはいけない。見たら終わり。全身がしびれたようになり、肺がしぼられて、咽喉《のど》から勝手に呻きまじりの声が洩れた。歯を食いしばり、珂はポケットに右手を突っ込んで唐辛子のパッケージを握った。

「ぐんちゅーちゅい――」

あいつの姿が、かすかにぶれる。

「ぐんちゅーちゅいぐんちゅーちゅいぐんちゅーちゅい――」

言葉を繰り返していると、やがてあいつは身体全体を横へスライドさせて掲示板の陰に消えた。掲示板の下にはもう、それを支える二本のポールが見えているだけだった。

唐辛子のパッケージから手を離し、文房具店に向き直る。

ガラス戸をそっと横へ引くと、からからと軽い音を立ててひらいた。店内に客はいない。いや、レジカウンターの脇に、男の人の背中がある。すごく中途半端な体勢で、まるでカウンターの先にある小部屋に向かおうとしたところで、ぴたりと動きを止めたといった印象だ。父よりもいくらか年上だろうか。茶色い革のジャンパー。着古されて、生きた動物の肌みたいに細かい皺が浮いている。男の人は肩ごしに振り返り、切れ込みのような目で珂を見た。しかしすぐに顔を戻し、また中途半端な恰好《かっこう》になる。その背中の脇から、珂は奥の小部屋を覗《のぞ》いた。コタツがある。そのコタツの手前に、横向きの足が少しだけ見えている。茶色い厚手の靴下。それ以外は壁の陰になって見えない。店主のおばあさんは壁の向こうで、両足を伸ばして座っているか、寝そべっているようだ。どうしてコタツに入っていないのだろう。

男の人は、ただそこに立っているばかりで、おばあさんに声をかける様子もない。革のジャンパーの背中がこっそり珂の動きを窺っている。いや、そう感じてしまうだけかもしれない。口の中が乾いてひりついた。目だけを動かして周囲を確認する。手に取りやすい場所に、子供用の文具がたくさん置かれている。におい消しゴム。クレヨン。子供用のハサミや定規。筆記具の棚は——。

あそこだ。

その棚はカウンターの右側にあった。男の人の、すぐ隣。

そこへ近づいていく。棚の端には、試し書き用のメモ帳がタコ糸でぶら下げられている。そのメモ帳には汚い字で「バカ」と、珂のあだ名が書いてある。

馬珂《マー》というフルネームが、日本でバカと読まれるなんて知らなかった。珂が生まれたとき、名前を考えてくれた祖父も、それを素晴らしい名前だと喜んだ両親も、まったく知らなかった。「珂」は、白くて綺麗な玉のことだ。その玉は家族への愛を象徴し、大事な人との絆を深める力を持つ。「馬」だって、中国ではよくある苗字だ。その二つが並んだときに日本語でバカという音になるなんて、想像できるはずもない。

筆記具の棚は、ほかと同じく上下二段になっていて、上の段に赤青えんぴつが並んでいるのが見えた。キャラクターもののシャープペンシルと、それと似たようなボールペンとのあいだ。

棚の前に立つ。

男の人はこっちを向いていないけれど、あまりに距離が近い。わきの下に汗が滲《にじ》み出し、頭が鉄球みたいに重たくなってきて、珂は顔を伏せた。床にボールペンが落ちている。棚の脚に半分隠れて落ちている。しゃがみ込み、珂はそれを手に取った。硬い手触りで、表面がすごくすべすべしていた。いかにも子供がさわってはいけない感じがして、いつかテレビで見たフランスの古い拳銃を思い出した。棚に目を戻す。同じボールペンがあと何本か、下段に並んでいる。透明なアクリルのペン立てに値札が貼られていて、そこに一〇〇円と書かれているけれど、何かの間違いだろうか。五〇〇円か、もしかしたら一〇〇〇円くらいはしそうなのに。

拾ったボールペンをそこへ戻した。その行為を男の人が見ていて、きみはいいことをしたから何か商品を買ってあげようと言われるのではないか。そんなことを少しだけ期待した。でも男の人は相変わらずこちらに目を向けていない。向けていない。

顎を上げ、赤青えんぴつに手を伸ばす。

しかし、すぐに引っ込める。

怖くなってやめたのではない。背が足りなくて、上段の商品に手が届かなかったのだ。届かなければ盗むことなんてできない。男の人や、奥にいるおばあさんに、これ取ってくださいとお願いして、そのあと盗むなんて、もっとできない。落胆と安堵が全身に染み込んでいった。しぼんだ風船のように息を吐き、珂はうつむきながら回れ右をした。そのまま戸口に向かって進み——進んでいき——あれは何だろう——。

珂は店を出た。

しかし、少し歩いたところで立ち止まった。

いま見たものたちが、ごちゃまぜになって頭の中を回っていた。

妙な様子の男の人。コタツの手前にのぞいていた靴下の足先。手に取りやすい場所に並べてあったクレヨン、におい消しゴム、子供用のハサミや定規。高級そうなのに一〇〇円だったボールペン。手が届かない場所に置かれていた子供用の筆記具。最後にちらりと見えた床の上の赤い染み。

どっどっどっどっと心臓が鳴っている。自分は保育園でも学校でも、バカと呼ばれてからかわれてきた。でもバカじゃない。頭がいい自信がある。日本語だってすぐに聞き取れるようになったし、テストの問題だってぜんぶわかる。

心臓の音はどんどん大きくなり、冷たいものが両足から腹へ這《は》い上がり——なのに、目の裏側あたりが、だんだんと明るくなっていく。

周囲を見る。あいつの気配がない。母のニット帽と、ポケットの唐辛子のおかげだろうか。いや違う、珂にはわかっていた。あいつは、珂がこうして顔を上げているときは絶対に出てこない。姿を現すのは、珂がうなだれたときや、うつむいたときだ。たとえば学校へ向かう道。学校から帰る道。休み時間が終わるのをじっと待っているとき。クラスメイトに話しかけるための言葉を、胸と咽喉のあいだで往復させながら、何も言えずに給食をのみ込んでいるとき。あいつは路地の角や、校門の外や、ほかの学年が体育をやっている校庭の隅に立って、ゆらゆらと白い両袖を揺らしている。

しゃっと短い音がした。

後ろからだ。振り返ると、文房具店のガラス戸に模様のようなものが浮き出ているのが見えた。いや、あれはカーテンだ。内側のカーテンを閉めたらしい。耳をすます。何も聞こえない。一歩だけガラス戸のほうへ近づく。もう一歩。あと一歩。カーテンが引かれたせいで、中は見えない。でもカーテンは下まで届いておらず、ほんの二センチくらいの隙間があいている。

道の前後を確認してみると、相変わらず誰も歩いていない。

素早く四つん這いになり、冷たいアスファルトに左頬を押しつけた。カウンターの奥で、さっきの男の人が身体を丸めている。コタツがある小部屋。ちょうど、さっき靴下を履いた両足が見えていた場所。男の人は、畳に片膝をつき、手元は壁に遮られて見えないけれど、細かい作業というよりは、何か大きなものを相手にしているような動きだった。ときおり膝を浮かせ、全身で前へ乗り出したり、そのまま蟹のように横移動したり、また戻ってきたり。やがて男の人の顔が急にこちらを向いたので、珂は跳ね起きて後ろへ飛びすさった。

耳の奥がきいんと鳴っていた。

頭の中に、はっきりと映像が見えた。それは、珂が文房具店に入る少し前の映像だった。男の人がガラス戸を開け、店に足を踏み入れる。おばあさんが奥から出てくる。二人は何か短く会話を交わす。男の人がおばあさんにいきなり襲いかかり、おばあさんは逃げようとする。男の人は後ろからそれを捕まえ、おばあさんはもがき、どちらかの手が筆記具の棚を摑んで倒す。男の人はナイフを出しておばあさんの胸を刺す。おばあさんは床に転がり、びくびくと痙攣《けいれん》し、身体を右にひねり、左にねじり、やがて動かなくなる。男の人はおばあさんの死体を小部屋の中まで引きずり、コタツの手前に転がすと、店内にとって返し、倒れた棚をもとに戻す。床に散らばった筆記具も並べ直そうとするけれど、もとの配置を憶えていない。本当はほかの棚と同じように、子供用のものは下の段に、大人用のものは上の段に並べなければいけないのに、それを知らず、子供用のものを上に、大人用のものを下に並べてしまう。それぞれの商品がどのペン立てに入っていたのかも憶えていないので、これもでたらめにやるしかない。だから、一〇〇円の値札が貼られているペン立てに高級ボールペンを入れてしまう。そのあと、男の人はおばあさんの死体を片付けようとする。しかし、そこに珂が入ってくる。男の人は小部屋の手前に立ったまま、邪魔者がいなくなるのをじっと待つ。しばらくすると珂が店を出ていく。男の人はおばあさんの死体を大きな布でくるみはじめる。そして死体を担ぎ上げ、小部屋の奥へと向かう。そこには車庫に通じるドアがある。前に来たとき、珂はそれを見た。男の人は、布でくるんだ死体を担いだまま、そこを抜け、あの汚れてくすんだ白い軽ワゴン車のスライドドアを開けて──。

短く唸るような音がした。

明らかに車のスライドドアを開ける音だった。

それが本物の音だと理解するまで数秒かかった。想像の中で見ていた無音の映像と寸分の狂いもなく、同じタイミングで本物の音が聞こえたのだ。

素早く移動して店の壁に身を寄せる。目の前にある車庫から、軽ワゴン車が鼻をのぞかせている。その車と壁のあいだにある、縦長の暗がり。そこへ、ゆっくりと、ゆっくりと上体を傾けていく。壁際から左耳が出て、暗がりの冷たい空気にふれる。ついで左目が暗がりの先を覗き込む。むくむくと動くものがある。さっきの男の人が、毛布のようなものでくるまれた、細長くて大きな何かを抱えている。それを後部座席に押し込み、車が小さく揺れる。スライドドアが引っ張り戻され、男の人の顔がこちらを向くと同時に、珂は上体を引いた。

たぶん、見られなかった。

身をひるがえして走り、路地の角に飛び込むと、珂は壁にへばりついた。運転席のドアが閉まる音。エンジンがかかる音。そのエンジン音が大きくなって、どんどん大きくなって——軽ワゴン車がすぐ目の前を走り去っていった。路地の狭さにそぐわないスピードで。走り去るとき、運転席に座った男の人の横顔が一瞬だけ見えた。ハンドルに覆いかぶさるように、肩をいからせ、目は、祖父に聞かされた妖怪《ヤオグァイ》みたいに吊り上がっていた。

（二）

夢の中を行くように、珂は家路をたどった。

靴の下に地面の感触はなく、ただ街の景色が顔の両脇をするする流れていくばかりだった。どうしよう。どうしよう。どうしよう。——想像は本当だったのかもしれない。とうとう自分は本当のことを想像してしまったのかもしれない。

これまでずっと、想像が本当になったためしなんてなかった。夜の布団の中や、一人で過ごす学校の休み時間に想像してきたことは、一度だって本当にならなかった。もしも明日から学校で中国語の授業がはじまったら。もしもその授業中、先生が心細そうな顔で、珂に中国語について訊ねてきたら。もしもそのつぎの休み時間、みんなが言葉を習うため、珂の机の前に行列をつくったら。もしもテレビ番組で両親の店が紹介され、どんどんお客さんが来たら。もしもお金がたくさん増え、店がもっと大きくてきれいになったら。もしも立派な家に引っ越せたら。家族三人分の布団を敷いたら床が埋まってしまうようなところではなく、自分の勉強部屋があるような場所で暮らせたら。もしも父が、やっぱり店をあきらめて中国へ帰ろうと言ってくれたら。

店の脇には外階段があり、それが二階の住居へとつづいている。しかし珂は、その階段を上る前に、「好再徠」と大きなシールが貼られた店のガラスドアを開けた。

「ただいま……」

滅多なことでは店に入ってはいけないと、父に言われている。用があるときは二階の内線電話を使えと。はじめからそういう決まりだったわけではない。日本に来てこの店をひらいた直後は、よく客席に座って氷水を飲んだり、底に残った氷をかじったり、宿題をしたり、憶えたばかりの折り紙で遊んだりしていた。店に入ってくるなと父が言うようになったのは、お客さんが来なくなってからのことだ。たぶん、それを珂に見せたくないのだろう。店はガラス張りなので、外から中を覗くことはできる。でも、しーんとしたその場所を外から見るのと、実際に中に入るのとでは、印象がずいぶん違うことは珂も知っていた。店の中はいつも、ずっと前から静止していたことがわかる空気に満ちている。いまも珂はその空気に身体をひたしながら、近づいてくる母の顔を見上げた。

「入っちゃ駄目でしょ」

厨房にいる父に聞こえないよう、鋭く囁くように言う。

中国を出ることが決まったときから、母は日本の言葉を一生懸命に勉強しはじめ、こっちに来てからも古本屋でテキストを買って練習をつづけていたので、ある程度は日本語を話すことができる。お客さんの対応も、もちろん日本語でやっている。でも父や珂とは、いつも中国語で会話をする。日本語を使うと、父が怒るからだ。怒るときに父は必ず愛国心《アイグォシン》という言葉を使う。日本にやってきて中華料理の店をひらいたのも愛国心《アイグォシン》からだと、難しい理屈を使いながら父はいつも言うけれど、それが嘘だということは珂にもわかった。中国で暮らしていた頃、父は街や政治の愚痴ばかり言っていた。

「変なもの見た」

珂が言うと、母は「え？」と眉根を寄せて耳を突き出した。珂は同じ言葉をもう一度、背伸びをして、母の耳を見ながら繰り返した。母は邪険な仕草で頷き、それ以上言葉をつづけさせまいとするように顔を引き離した。

「あとにしなさい。お母さん仕事してるんだから」

言いながら、背後の厨房を気にする。

換気扇の回る音がしないので、父は料理をしてはいないようだが、さっきから何か金物がぶつかり合うのが聞こえていた。鍋やフライパンの整理でもしているのだろうか。聞こえてくる音はひどく乱暴だった。お客さんが来ないことや、お金がないことや、自分の一人息子がこんなふうにぼそぼそと喋る人間になってしまったことへの八つ当たりのように。

「お客さんなんていないのに」

日本語でそう呟いた。自分ができる一番の早口だった。母はまた「え？」と苛立たしげに眉を寄せた。

「何でもない」

背中を向け、ガラスドアを押して店を出る。目の前には駐車車両が並んでいる。時間制のパーキングスペースがそこにあり、いつも、たいていぜんぶ埋まっている。店は大通りに面しているのに、このパーキングスペースのせいで、走っている車から店が見えない。だからお客さんが来ない。いや、はじめは来ていたから、パーキングスペースのせいではないのかもしれない。

横ざまに風が吹き、前髪が震えた。耳が千切れるように痛い。そのとき珂は、自分が母の帽子をかぶっていないことを思い出した。さっき店に入るとき、勝手に借りていったことがばれないよう、頭から取ってランドセルに押し込んだのだ。

うつむいたまま、自分の額を覗くようにして、目を上げる。

通りの向こうに、あいつがいた。

その顔を見てしまう直前、危ういところで顎を引いたが、相手の身体はまだ視界の上ぎりぎりに見えていた。ぺらぺらに痩せた身体で、両脇に垂らした白い袖を揺らしている。珂はポケットに右手を突っ込んで唐辛子のパッケージを握った。背中を向け、二階の住居へつづく外階段を駆け上がる直前、あいつの片手がすっとこちらへ伸ばされるのが見えた。

(三)

こちらを向いて立っていた少年は、ぼんやりした顔のまま、右手に握った包丁を持ち上げて、自分の頭のてっぺんに突き刺した。頭から黒い血が噴き出し、少年が着ていた半袖のTシャツに降りかかって、肩と胸と腹を染め、すぐに半ズボンにも染みこんで、全身が真っ黒になった。影のような姿に変わった少年は、そのままどろどろと溶けていき、本当の影みたいに地面に広がると、唐突に消えた。珂の親指はもう一度、教科書の角をめくった。また少年がこちらを向いて立っている。右手の包丁を頭に刺し、血で染まった全身が黒く溶けて消える。珂の親指が教科書の角をまためくる。

もう一度だけ少年を殺してから、珂は机の上で教科書を引っくり返した。こちら側のページには、別のぱらぱら漫画が描いてある。どちらのぱらぱら漫画も、この教科書が配られて、最初の授業中に描いたものだ。こちらのページの角では、少年が、かくかくと左へ向かって歩き出す。行く手には、少年と同じくらいの背丈で、顔面がもやもやした、人間のかたちをしたものが立っていて、近づく少年に向かって片手を伸ばす。その手が少年の袖を摑み、二人は左へすーっと横移動してページの外に消える。

渓嚢《シィナン》の話をしたのは祖父だった。

――山ん中にいるんだよ。

恐ろしい妖怪《ヤオグアイ》なのだという。

――じっとそこに立っていて、そばに来た人の袖を摑むんだ。それで、摑まれた人は死んじまう。

中国にいた頃、いっしょに住んでいた家。珠穆朗玛峰《チュムランマ》の大きな写真が飾ってある居間で、食後のお茶を飲みながら、祖父はしょっちゅう妖怪《ヤオグアイ》の話をした。珂が話を理解できるようになってから、両親と三人で日本に来るまでのあいだなので、たぶん一年間くらいだったけれど、聞かされた話は十や二十じゃない。いつも、普段と変わらない陽気な話しぶりだった。それが、いかにも化け物の存在がごく当たり前であるように感じさせた。

――逆に、相手の袖を引いてやると、殺すことができる。まあ、そんな勇気のある人間はいないけどな。

だからいまでも渓嚢《シィナン》はどこかで生きているのだという。

祖父に妖怪話《ヤオグアイ》を聞かされるたび、本当に怖かった。唇に力を入れていないと涙が出そうになったし、いつも話の途中から祖父の膝を摑んでいた。もしかしたら祖父は、それが楽しくて話していたのかもしれない。

——でも大丈夫だ。

どんな話も、祖父は必ず最後にこう言って終わらせた。

——よく憶えておくんだよ。この言葉を唱えてやれば、みんな追い払えるから。

「ぐんちゅーちゅい」という言葉を、祖父は教えた。教えられるたび珂はしっかりと憶え直した。でも、自分がいつか本当にそれを、しかも外国で唱えることがあるなんて思ってもみなかった。あの頃はただ、音の連なりだけで記憶していたけれど、いまは字も意味もわかる。滾出去《グンチューチュイ》は日本語だと、「去れ」とか「失せろ」にあたる言葉だ。

「そこからできたんだ、この字は」

黒板の前では担任の磯部《いそべ》先生が「卬」という漢字の成り立ちを説明していた。左の部分が、下を向いた手。右の部分が、ひざまずく人。もともとは、「ひざまずいた人間にしるしをつける」という意味なのだという。

「何のしるしなのかは、先生にも、ちょっとわからない。いろいろ調べてみたんだけどな」

たとえば珂たちが、自分の持ち物に名前を書くように、昔は偉い人が奴隷の頭にしるしをつけていたのだろうか。それとも、いいことをした人が、それを褒めてもらう意味でしるしをつけられたのだろうか。珂は自分が誰かの前にひざまずいているところを想像した。その誰かが片手を持ち上げて、珂の頭に近づけるところを思い描いた。中国の漢字だと、左の部分の一番下の横棒は、右上に向かってはね上がる。それを思いながらの想像だったので、頭に近づいてくるのは手というよりも刃物のイメージだった。珂の頭に深々と刃物が刺さり、ぱらぱら漫画の少年みたいに、そこから血が噴き出して全身を黒く染めていく。

先生に名前を呼ばれ、顔を上げた。

「……はい」

教室のクラスメイトたちが、身動きもせず、言葉も発さず、でも何かをさっと共有する気配があった。

「中国では、やっぱり同じ字なのか？」

先生は、友達ができない珂のことを可哀想だと思っている。だからこうしてときおり中国のことを訊いてくる。それがいつもクラスの全員に、たとえば茶碗の中に米じゃない変なものが一粒入っていたような気持ちを起こさせるなんて、気づきもせずに。

考えるような時間を置いてから、珂は答えた。

「わかりません」

みんなよりも何かを知っていてはいけない。小学校に入って最初のテストは満点で、そのあともけっきょく一年間ずっと、ぜんぶの教科で満点だった。一年生の最後のテストが返ってきたとき、休み時間にトイレへ行って戻ってくると、机の中で答案用紙がびりびりに破かれていた。それ以来、珂はどんなテストでも必ず五〇点くらいを取ってきた。答えはみんなわかるのに、すべてに正解を書くのではなく、解答欄の二分の一くらいを間違った答えと空白で埋めた。だから成績も二年生の一学期からはずっと「普通」だった。日本でなかなか見つけられないものが、成績表の中にだけあった。

「わからないよなあ、お前、日本に来て長いもんなあ」

人を透明にするようなことを平気で言ってから、先生はまた授業をつづけた。

ぱらぱら漫画にふたたび目を落とすと、すぐ左側にある窓の向こうで、白いものが小さく揺れた。珂は首に精一杯の力を込めた。そうしないと、窓のほうへ顔を向けてしまいそうだった。右手をズボンのポケットに伸ばし、昨日から入れっぱなしにしてある唐辛子のパッケージにふれる。中の唐辛子が折れないよう、ぎりぎりの強さでそれを握る。上まぶたを半分閉じ、視界を狭くしながら、珂は昨日の文房具店での出来事を頭の中に呼び戻した。すると、不安と恐怖があぶくのようにまたわいてきて、でも目の裏では、ぼんやりと明るい光がふくらんでくるのだった。自分はとんでもないものを見た。あのおばあさんは殺されてどこかへ運ばれた。

「何かあったでしょ」

休み時間、気がついたら山内《やまうち》が机の脇に立っていた。

クラスで唯一、珂に話しかけてくるのに、クラスで唯一、話をしたくない相手だった。

「あったでしょ、何か」

祖父が持っていた昔の白黒写真に写っていた人のように、白い顔。細い両目が、並んだ爪の先みたいに弓なりに笑っている。瘦せた右手を珂の机にのせ、その手の甲には黒く汚れたガーゼが紙テープで貼りつけられている。

珂は視線をそらして首を横に振った。

「ない」

「嘘」

山内が近づいてくるようになったのは、四年生になって間もない頃のことだ。

放課後の帰り道、珂は「電車公園」のそばで、鈍い物音を聞いた。何かがこすれるような音がそれにつづいた。電車公園というのは通称で、本当の名前は知らない。線路脇にあるのだが、奥側がブロック塀で仕切られているため、実際には電車は見えなかった。音がしたのは、そのブロック塀のあたりだった。でも公園はしーんとして、誰もいない。

と思ったら、また聞こえた。

鈍くて重い音と、何かがこすれるような音。

立ち止まったまま、あのとき珂は小黒《シャオヘイ》を思った。祖父が拾ってきて飼いはじめた、いかにも雑種という感じの雑種犬で、撫《な》でてやると、いつも珂の手に身体を絡ませてじゃれついた。日本へは連れてこられなかったから、いまは祖父とともに中国にいる。

どうしてか、ブロック塀の向こうに犬がいる気がしたのだ。珂は立ち止まったまま、想像の中で、塀に飛びついて向こう側を覗いてみた。黒くて小さな犬がこちらを見上げていた。犬は、いままで自分が何をやっていたかを示すように、ブロック塀に向かって必死でジャンプをし、痛々しく身体をぶつけたあと、ずるりと地面に落ちた。どうやら線路脇に迷い込んでしまい、なんとかこちら側に戻ろうとしているらしい。珂は自分の身体を塀のてっぺんまでずり上げ、腹でバランスをとりながら、向こう側に両手を伸ばした。犬は珂の意図を理解し、もう一度ジャンプをした。その前足を、珂はタイミングよく摑んだ。犬を引っ張り上げて胸に抱き、そのまま塀のこちら側へ飛び降りた。飼ってやりたいけれど、家に連れて帰ったら父に怒られるので、その場に置きざりにするしかない。珂は背中を向けて歩きはじめ、しかし犬はついてきて、そのまま珂の家のそばで暮らすようになる。ほかの人間から隠れながら、建物と建物のあいだで。珂は自分の給食や夕食を、いつも少しとっておいて、こっそり犬にやりに行き、日が暮れるまで遊んでやる。

　そんな想像をしながら、あのとき珂はブロック塀に近づいた。

　しかし塀は離れて見るよりもずっと高く、とてもじゃないけど飛びつけそうになかった。そばに公孫樹《イェンシンシュウ》の木があった。春だったから、枝は、まだ小さなしわしわの葉っぱをたくさんつけていた。手足をその枝にかけ、枝にかけ、枝にかけて上っていくと、しわしわの葉っぱから新鮮なサラダのようなにおいがした。

　高い枝にしがみつき、ようやくブロック塀の向こう側を見た。

　同じクラスの山内と、何度か見かけたことがあるホームレスのおじいさんがいた。山内とはクラスがいっしょになったばかりだったけれど、苗字が中国語で「山の中」という意味になるので、憶えていた。二人は何をしているのだろう。おじいさんは山内のトレーナーを片手で摑み、動けなくしていた。めくれ上がった袖口からのぞく日に灼けた腕は、骸骨みたいに痩せた顔からは想像もつかないほどしっかりして、縦に走った筋《すじ》が太いワイヤーのように硬そうだった。おじいさんは口の中で何か聞き取れないことを言ってから、山内の胸を両手で摑み直すと、ものすごい勢いでブロック塀に向かって突き飛ばした。山内の背中と後頭部が塀に激突し、ずるりと直角に下へ落ち、するとおじいさんはまた何か言いながら、トレーナーの胸を摑んで引き起こすのだった。

何と声を上げたのかはわからない。日本語だったのか中国語だったのかも憶えていない。とにかくおじいさんの顔が素早くこちらを向いた。両目が赤くふくらんで、いまにも破裂しそうに見えた。なんとかの人間はなんとかだ、とおじいさんが叫んだ。それまで聞いたことのある大人の声で一番大きかった。枝にしがみついたまま動けずにいる珂から、おじいさんは勢いよく目をそらし、手についたゴミを投げ捨てるように山内の胸を放すと、背中を向けて遠ざかっていった。

その背中がだいぶ小さくなり、もし追いかけられても逃げられそうな距離ができてから、珂は枝からブロック塀の上端に移動し、向こう側に飛び降りた。

――……大丈夫？

――大丈夫だよ。

平然と頷いて、山内は自分の後頭部をさわった。五本の指がぜんぶ真っ赤になった。その血をズボンになすりつけ、また頭の後ろをさわり、ついてきた血をズボンになすりつけた。何度かやっているうちに、ついてくる血は少なくなった。山内は右手の甲にも怪我をしていて、もしかしたら、そっちの怪我のほうがひどいかもしれなかった。ブロック塀にこすれたのだろうか、小指の付け根の関節あたりで、皮膚が破れ、血を洗い流したら骨が見えてしまいそうだった。胸には、おじいさんに摑まれたあとがあった。もともと染みついた汚れでくすんだ、白いトレーナー。胸に黒い字で書かれた「HAPPY」の、ちょうどHとYのあたりに、茶色く指のかたちが残っていた。

――わざわざ木に登らなくても、こっから入れたのに。

山内は珂の脇を過ぎ、ブロック塀に沿って、おじいさんと反対方向に歩き出した。公園の隣の、縫製工場があるほうだった。大怪我をしているというのに、山内の歩き方はごく普通だった。いや、怪我だけでなく、まるで自分の身に何ひとつ起きていないという様子だった。いっぽうで、呆然とそれについていく珂のほうは、両足に力が入らず、身体を真っ直ぐさせていることさえ難しかった。前を行く山内の、青白い首に、髪の生え際から血の筋が伸びた。別々のタイミングで三本、まるで「川」という字の書き順をなぞるように流れ、白いトレーナーに染み込んだ。

——先生とか……警察とかに、連絡しないと。

声が震えた。

——いいよ。

山内は身体を前に向けたまま横移動した。ブロック塀の端と、縫製工場の外壁とのあいだに、細い隙間があいているのだった。珂もそこを抜けた。電車公園のへり、背丈がある植え込みの横に出た。

——助けられたから、お返ししなきゃ。

山内はすたすたと路地を歩きはじめ、珂が追いつくのを待ってからつづけた。

——何かあったら言ってね。

——何であんなことされてたの？

——あそこで寝てたから、口の中におしっこした。

まるでそれは、店で買い物をしたあと、何を買ったのかと訊かれたかのような答え方だった。まじりけのない、質問に対する純粋な返答だった。つづく説明が、もしかしたらあるのかもしれないと、珂は後ろを歩きながら待った。しかし山内は、首の赤い縦縞を斜めによじらせながら横顔を向け、何かあったら言ってねと、さっきと同じ言葉を繰り返すのだった。

——どうして、そんなことしたの？

——何が？

——口に……おしっこしたり。

すると山内は、ひどく難しいことを訊かれたように、曖昧に首をひねって答えた。

——口があいてたから。

何も言葉が出てこなかった。珂は黙って後ろをついていきながら山内の家まで歩いた。たどり着いたのは、何軒も借家が並んだうちの一軒だった。そばにある大きなマンションのせいで日が当たらず、壁全体にかさぶたみたいな苔が生えていた。

——何かあったら言ってね。必ずお返しするって、約束するから。

山内が鍵を開けて玄関を入るとき、少しだけ目に入った室内は、とても暗く、実際にはあり得ないことだけど、床も壁もびっしり苔に覆われているように見えた。

翌日から、山内が教室で話しかけてくるようになった。

ほかの誰かと話しているのは、いまだに一度も見ない。

山内の気持ち悪さは、珂の中で、毎日少しずつ増していった。顔つきも、身体を揺らさない独特の歩き方も、すべてが気持ち悪かった。何にも増して気持ちが悪いのは、右手の甲に貼られたガーゼだった。あの翌朝、学校に来たときから、山内はそこにガーゼを貼っている。そして、まったく理解できないことに、半年以上が経ったいまでも貼っていた。たしかにあれはひどい怪我だったけれど、とっくに治っているはずだ。ガーゼはいつも紙テープでそこに貼りつけられていた。日が経つとガーゼもテープも黒く汚れてぼろぼろになり、限界に達した頃、貼り替えられて真っ白になる。そしてまた少しずつ黒くなり、それが何度も繰り返されているのだった。

「嘘」

山内が同じ言葉を繰り返す。

「あったでしょ、何か」

不快さが、大量の蟻《あり》みたいに身体中を走った。珂は相手を睨み上げ、脅すような思いで言ってやった。

「あったよ。でも、とても話せるようなことじゃないから」

「ああ、そうなんだ」

爪の先のような目が、すっとひたいのほうへ持ち上がる。

「話したそうに見えるのに、珂」

最後の部分が、カラスの鳴き声に聞こえた。いまわざと、口よりも咽喉のほうで声を出した。いや、そんな気がしただけかもしれない。急に冷たくなった頭の中で、珂はきりきりと考えた。するとやはり、わざとだったのではないかと思えてきた。珂が話を聞かせようとしないから、嫌みのつもりでそうしたに違いない。こんなに気持ち悪いくせに。気持ち悪くて、誰からも相手にされないくせに。

「簡単に話せるわけない」

抑える間もなく、言葉が握り拳のように突き上がって咽喉を割った。

「人が殺されたかもしれないのに」

「へえ」

山内の両目は、ひたいのほうへずり上がったままでいる。その目で珂を見ているのではなく、その目を珂に見せている。珂は鼻の奥が熱くなり、身体ごと山内に向き直った。乳歯を無理にねじるような気持ちで口をひらいた。

「文房具屋のおばあさんが殺されたかもしれないのに」

「どこの文房具屋？」

珂が場所を言うと、ああ、と山内は頷いた。

「何で殺されたの？」

「そんなのわからない。でも、いろいろ見た」

「いろいろって？」

半笑いで促され、珂は怒りと苛立ちに圧されるまま、昨日自分が見たものを説明した。小声だったけれど、できるだけ臨場感を添え、猛スピードで走り去っていく軽ワゴン車を運転していた男の人の、取り憑かれたような表情まで詳細に話してやった。その出来事を母に話そうとしたが聞いてもらえなかったと、もう少しで喋ってしまいそうになったが、これはすんでのところでこらえた。そんなことを話したら、まるでいま自分が山内を必要としているように聞こえてしまう。

「だから、たぶん、おばあさんは死んでる」

話し終えると、持ち上がっていた山内の両目が、ふっともとの位置に下りた。

そのときちょうどチャイムが鳴った。

「何かの勘違いだね」

平然と言われた。

「そんなこと起きるはずないもん」

勘違いである可能性なんて、珂だって昨日から何十っぺんも想像したし、そう思おうと頑張っていた。でも山内に言われると、猛烈な反抗心がわき上がった。山内は黒板の上の時計をちらっと見て、その動きとひとつづきに、背中を向けた。

「せっかく何か役に立てると思ったのに」

まるで迷惑をかけられたかのような声だった。珂は何かひと言、取り返しのつかない言葉を大声で叫び上げたい衝動にかられた。しかしそのとき、山内がくるっとこちらを振り向いた。

「このときのお返し、早くさせてよ」

右手を胸のあたりに持ち上げ、黒ずんでぼろぼろになったガーゼを見せる。まるでいまこの瞬間のために、とっくに怪我が治ったはずの場所にガーゼを貼りつづけてきたかのように、ぴたりと手を止めたまま、山内はしばらく動かなかった。

「せっかく約束したんだからさ」

持ち上げられた山内の右手に、左手が近づいていく。上側になった、きたない紙テープの内側に、鉤《かぎ》形に曲げた人差し指の先が潜り込む。その指の爪には、何か赤黒いものをほじくったような汚れがつまっていた。山内が指を引くと、上側の紙テープが短い息のような音を立てて皮膚から剝がれ、ガーゼが下へ向かってめくれた。そこに黒い穴がぽっかりと現れた。

本当に、それは穴だった。あり得ないとわかっていても、手のひらの厚さや幅に関係なく、どこまでも深くつづいているように見えた。

言葉も返せずにいるうちに、山内は揺れながらぶら下がるガーゼを手慣れた仕草で戻し、紙テープをもとどおり貼りつけて穴に蓋をした。その右手を、すいとまた机の上に伸ばし、国語の教科書にふれる。あっと思う間もなく、山内の指は教科書の角をめくっていた。ページの左隅に現れた少年が、紙の端に向かって、珂がやったときよりもスムーズな足取りで歩き出す。行く手に立っている人間のかたちをしたものが、少年に向かって片手を伸ばす。その手が少年の袖を摑み、そのまま二人は左へ横移動してページの外に消える。くるんと山内の両目がこちらを向いた。その顔に、へえ、という表情が浮かんでいた。

（四）

日本へ来てすぐに、珂は保育園に通いはじめた。

瑞応《ずいおう》川に沿って海側へ進んだ場所にある白沢保育園で、最初に友達になったのはコーキだった。

互いに言葉はほとんどわからなかったけれど、仲良しだった。まだ年齢的に、まわりの男の子たちも大した言葉をやりとりしていなかったから、友達としての関係性は、きっと日本人同士のそれとほとんど変わらなかった。

夕方前、決まった時間にコーキの母親が保育園に迎えに来た。それがいつも寂しかった。あるときその母親といっしょに、小学校中学年くらいの女の子がいて、顔を見ただけでコーキのお姉さんだとわかった。お姉さんは、先生と母親がコーキを呼びに行っているあいだ、珂が落書きをしていたお絵かき帳に、クレヨンで自分のフルネームを書いた。ぜんぶ漢字で書けることと、字がきれいなことを自慢したいようで、たしかに年齢にしては上手な字だった。彼女は顎をそらすようにしながら珂に何か言った。珂が表情だけで訊き返したら、もう一度、ジェスチャーといっしょに同じ言葉を繰り返した。想像をまぜて思い出すと、たぶん、わたしは本をたくさん読んでいるから、もっと難しい漢字も知っていると言ったのだろう。でも珂だって、まだ日本語はほとんど喋れなくても、字の上手さには自信があった。だから、自分の名前を彼女の名前の隣に書いてあげた。

実際、彼女はたくさん漢字を知っていたのだろう。自分の名前の隣に書かれた「馬珂」を見て、すぐさま珂を睨みつけた。「バカ」を「馬珂」と書くことまで彼女が知っていたのか、もしくは、「馬」から始まる二文字というだけで想像できたのか、それはわからない。とにかく珂は、睨みつけられたことが理解できなかった。だから、クレヨンの箱を引っくり返して彼女に見せた。そこに平仮名で「まーかー」と自分の名前が書いてあったからだ。その名前を漢字で書いたのが「馬珂」であることを、知っているわずかな日本語をまじえて説明した。彼女はやがて理解し、バカ、バカ、と言いながら笑った。珂も笑った。なるほど日本語では自分の名前をそう発音するのかと思った。まだその言葉の意味は知らなかった。

翌日、保育園でみんなにバカと言われた。いったい何のことやらわからなかったけれど、からかわれていることは理解できたし、前日にコーキのお姉さんが笑ったのも同じ理由からだったのだと想像できた。その日、仕事を終えて迎えに来た母に、少し泣いてしまいながら、珂はぜんぶ話した。そのときは母も、珂と同様、からかわれる理由がわからないようだった。日本語を勉強してはいたけれど、テキストに載っていない言葉だったのだろう。それとも、知らないふりをしたのだろうか。店に戻ると、母はすぐに仕事をはじめてしまったが、ちょうど峯田《みねた》さんが来て、厨房で父と何か話していた。峯田さんは店の共同経営者だった。飲食店をつくる会社を経営していて、もともと中国で料理店をやっていた珂の父を説得し、家族三人ごと日本へ連れてきたのだ。必ず成功するからと約束して。父と峯田さんの会話が途切れるのを待ち、珂は保育園で起きた出来事を話してみた。すると峯田さんが、とうとうこのときが来たかという顔で、何が起きたのかを中国語で説明してくれた。胸がいっぺんに冷たくなり、まわりの音が遠のいた。珂が最初の絶望をおぼえた瞬間だった。

その日から、珂の声は小さくなっていった。小さくなればなるほど、保育園のみんなは名前のことを馬鹿にした。しかし、やがて珂がまったく声を返せなくなると、まるで最初からそんな子はいなかったというように、相手にしなくなった。

安見先生という男の先生だけがそれに気づき、みんなを叱ってくれた。いま思えばとても上手な叱り方だった。そのおかげで、いったんはまたみんなと仲良くなれた。でも安見先生は、珂が年長の春に、保育園から急にいなくなった。理由はどの先生も教えてくれなかったし、いまでも知らない。安見先生がいなくなると、またみんなは珂をバカと呼ぶようになり、けっきょくそれは卒園までつづいた。珂の声もふたたび小さくなっていき、卒園式で名前を呼ばれたときの返事は、自分の耳にも聞こえないほどだった。きちんと背筋を伸ばして並ぶ同級生たちの中で、珂は歯のあいだの食べかすになった気持ちで、体育館の床ばかり見つめていた。そんな状況に、なんとか耐えられたのは、いなくなった安見先生のおかげかもしれない。誰かに守ってもらったという事実が、ほんの少しの力になってくれた。ぎりぎり倒れないほどの力になってくれていた。

バカ攻撃は小学校にあがってからもつづき、さらにカラス攻撃も加わった。みんな、カー、カー、とまわりでカラスの鳴き真似をした。でも本当は「カー」じゃない。「クー」と「カー」のあいだの音だ。それが自分の名前だ。去年、峯田さんがどこかへ消えて以来、もう父と母しか、きちんと発音することはできないけれど。

（五）

放課後、珂の足は古関文具店に向かっていた。

頭の中には、絶対に許されない願いが渦巻いていた。想像が本当であってほしい。何かの勘違いなどではなく、おばあさんが殺されたという自分の想像が、事実であってほしい。そうすれば山内に、ほらみろと言ってやれる。あの気持ちの悪い顔が、恥ずかしさと悔しさで歪むところを見ることができる。

文房具店にはもう警察が来ているかもしれない。もしかしたら新聞や雑誌やテレビの人たちも集まっているかもしれない。いや、昨日の今日だから、まだ殺人のことはばれていないだろうか。すると自分が警察に連絡するしかないのだろうか。もちろんその覚悟はある。といっても、交番や警察署を訪ねるのは怖いから、電話をかけるつもりだった。でもたぶんそのあと、自分は警察署に呼ばれて、いろいろ訊ねられる。ニュース番組にも映るかもしれない。クラスの中でも、全員とは言わないけれど、けっこうな数の人がそれを目にすることになるかもしれない。

クラスはその話でもちきりになる。いや、きっと五年前みたいに、街全体が大騒ぎになる。日本にやってきた年、白蝦蟇シーラインのトンネルを出た場所で、若い男の人が石で殴り殺される事件があった。母が言うには、当時、会う人会う人みんなその話をしていたらしい。犯人はまだ捕まっていない。

それを思い出して、珂はどきっとした。ひょっとしたらあれも、文房具店のおばあさんを殺した男の人がやったのではないか。もしそうなら、自分が提供する情報で、警察はあの革ジャンパーの男の人を捕まえて、前にやったことも白状させて、二つの事件を同時に解決することになる。

冬の冷たい空気の中を、顔が先頭をきって突き進んだ。頰は凍りつくようだけど、頭はあたたかい。母の帽子をかぶっているからだ。朝、家から持ち出して、学校にいるあいだはランドセルの中に隠しておいた。帽子であたためられた頭の中に、想像を行き来させながら、珂はポケットに入れた右手で唐辛子のパッケージを握りしめ、どんどん足を速めた。

文房具店の周囲は閑散としていた。

警察なんて来ていないし、新聞や雑誌やテレビの人もいない。店の隣にある車庫からは、白い軽ワゴン車が昨日とまったく同じように鼻先をのぞかせている。

店のガラス戸に近づいたとき、悪い予感がした。

ガラス戸の内側にカーテンが引かれていないのだ。引かれていないということは、店をやっているということだし、実際、丸見えの店内では、天井の明かりもついている。

ガラス戸に手をかけると、軽い音を立てて横へ動いた。店内には誰もいない。カウンターの奥を見ると、コタツにおばあさんの姿がなかった。そのことで、また少しだけ希望が戻ってくるのを感じた。筆記具の棚に目をやる。上段に大人用の文具。下段に子供用の文具。――床に落ちていた、あの高級そうなボールペンも上の段に並べられ、七八〇円の値札がついている。みんな、何でもない状態に戻っている。床を見てみるが、あの赤い染みのようなものも、どこにもない。昨日、男の人が軽ワゴン車で走り去ってから、いまこの瞬間までに起きた出来事を、珂は想像しようとした。しかしそのとき奥の小部屋で物音がした。

「いらっしゃい」

カウンターの向こうからおばあさんが現れた。記憶にあるのと同じ丸い顔が、珂に向かって頬笑んでいる。その場で立ち尽くしていると、おばあさんは小首をかしげた。

「ん？」

もっと年下の子供を相手にするような仕草だった。たったそれだけのことが、冷たくふくらみきった心の表面を引っ掻いて、張りつめた薄皮に破れ目が走って、そこから言葉がこぼれ出た。

「僕は、昨日ここに来たんです」

おばあさんは顔を傾けたまま言葉のつづきを待った。

「それで、おばあさんが殺されたかもしれないと思ったんです」

もう少しで涙が溢れてしまう。それをこらえていると、両目がいまにも顔の外へ押し出されてしまいそうになった。おばあさんの顔は、まるでリアルなゴムのマスクみたいに、斜めになったまま静止している。そうかと思うと、全体の皺《しわ》がいっせいに動き、笑ったような、困ったような顔になった。

「ごめんなさい……え、なあに？」

「そこのカウンターのところに男の人がいて、奥の部屋に誰かの足が見えて、棚のペンがぜんぶ変な場所に置いてあって、床に血みたいな赤いのがあって、そのあと男の人が大きな細長いものを毛布みたいなのでくるんで、車に積んで走っていったんです。だから僕はおばあさんが殺されたと思って――」

ここで見たもの。想像したこと。心の破れ目からつぎつぎ言葉がこぼれ出た。学校で山内に話したときの気分とはまったく違っていた。途中からは、おばあさんが生きていたことへの仕返しみたいな気持ちで言葉をぶつけた。おばあさんは表情を止めて、皺の一つ一つまで同じ位置からまったく動かさず、喋りつづける珂の顔をただ眺めていた。そして、話が終わると、またゴムが皮膚に戻って、くしゃりと笑った。今度はまじりけのない笑いで、しばらくのあいだつづいた。途中で一回おさまったかと思えば、げっぷのような息を咽喉から洩らし、またひとしきり笑った。

「その男の人って、あたしの甥っ子ね。いつも配達の仕事をやってもらってるんだけど、昨日あたし、ちょっと体調がよくなくて、店番を頼んだの。あの子、近くに住んでるもんだから」

そのあいだ自分は横になっていたのだと言い、おばあさんは脂気のない手で、お腹のあたりを曖昧に撫でた。

「そのあと、やっぱり体調がよくならなかったから、店を閉めて、あの子に病院まで車で連れてってもらったのよ。でも駄目ねえ、あなたが入ってきても、いらっしゃいませもなかったんでしょ？　あたしうつらうつらしてたから気づかなかったんだけど、あの子、ぜんぜんちゃんと店番してくれてなかったのねえ」

相手の言葉を押し返すように、珂はまた口をひらいた。

「何でペンの場所が変だったんですか？　床についてた赤いやつとか、あの大きい荷物も何だったんですか？　何でずっと僕に背中向けてたり、あんなに怖い顔で運転してたんですか？」

せめて山内に聞かせられるような話がほしかった。自分が見たものが本当は何だったのか、強い印象を与えられる説明がほしかった。

「さあ……」

しかし、おばあさんは、何でもないことのように首をひねった。

「ペンはねえ、たぶんあの子が、棚の掃除でもしてくれたとき、並べ間違えたんでしょ。床のそれも……べつに、今朝、店を開けたときはきれいだったし。その、車に積んだものやなんかは、ちょっとわからないけど、見間違えじゃないかしら。病院に連れてってもらうとき、車の後ろに乗ったけど、べつに変なものなんて積んでなかったわよ」

まわりの世界がすーっと消えていくようだった。自分が、教室の床に落ちた小さなゴミみたいに思えた。そこへさらに、おばあさんの言葉が追い打ちをかけた。

「たぶんそれ、あたしね。その荷物？　あたし車に乗せてもらうとき、寒くて、毛布着てたの。着る毛布っていう、わかるかしら、袖のついた、頭からすっぽりかぶれるやつ。うちの車庫は暗いから、んふふ、そうね、たしかに変なものに見えるかもしれないわね」

車庫に照明を取り付けたいと思いながら、もう何年も経っているのだと言い、おばあさんはゆるゆると首を揺らした。そして、珂が言葉を返せずにいると、さあこれで終わりというように、レジの後ろに回り込んだ。

妄想が、ありもしないものをこの目に見せる。

思えばそれは、珂自身が誰よりもよく知っていることだった。いまとなっては、自分がどこまで本当に見たのかもわからなくなっていた。高級そうなペンが床に落ちていたり、値札や、文房具を並べる位置が間違っていたり――きっとそれは本当だった。でも、床の上の赤いものを本当に見たのかどうか。あの男の人が、小部屋のほうで何か大がかりな作業をしているところなんて、見たのかどうか。ハンドルを握るあの人の顔には、実際には怖い表情なんて浮かんでいなかった。

あれは単におばあさんの具合を心配している顔だった。自分はありもしないものばかりを見た。いつも、みじめさをこらえてうつむいているとき、校庭の隅や道の端に、あいつの姿を見るように。コーキのお姉さんに、最初に名前を笑われたときのことが、いままた起きたようにはっきりと思い出された。ついで、同じ顔で笑う保育園のみんなや、小学校のクラスメイトや、カー、カーと言いながら机のまわりを飛ぶやつらの顔が思い出された。カウンターの向こう側に回ったおばあさんは、老眼鏡をかけ、何か細かく書き込んであるノートをひらき、そのまま顔を上げない。しかし、珂がその場に突っ立ったままでいると、ぷすっと唇から息を洩らして、また笑った。

「そんなこと、誰かに話した？」

ノートに目を落としたまま訊く。

「話してません」

どうして自分は山内に喋ってしまったのだろう。後悔が珂を足から丸呑みにしていた。頭まで食われて、息ができなかった。

「……っとに、駄目よ、言っちゃ」

笑いが残った顔で、おばあさんは目を上げて珂の胸を見る。

「日本の子？」

珂は首を横に振った。

学校の名札には「馬珂」と書いても「マーカー」と書いてもいいと言われたのだが、珂はバカにもペンにもなりたくなかったので、「マー珂」と書いていた。

「中国ね。そうでしょ」

おばあさんは自慢げに頰を持ち上げる。

「そうです」

やっと息ができた。

「あたしね、行ったことはないんだけど、大好きな国なの。日本へは、お父さんとかお母さんに連れられて来たの？　当たり前よね、一人で来ないものね、んふふ。このへんに住んでるのかしら？」

その話しぶりが、少しだけ珂の心を落ち着かせてくれた。たとえば童話の中で、キツネなどの動物が友達になる、優しい人間みたいな雰囲気がおばあさんにはあった。

「そんなに、近くないです。あっちの通りを、ずっと右に行ったところの、コウサイライっていう中華料理店を、お父さんとお母さんがやっていて……好きっていう字に、また来るの再徠って書きます」

「あら知ってる。あのほら、二階がお家になってるお店でしょ」

ここと同じだからよく憶えてるのよと、おばあさんは目を細めた。

「そいじゃ、お父さんとお母さんがいつも近くにいていいわね。あたしも昔は、子供ができたら仕事場と家を五秒で行き来しながら世話できるわなんて、うちの人と話してたもんよ。子供はけっきょくできなかったし、うちの人、いろいろあって出て行っちゃったもんだから、子供どころか、世話する相手がどこにもいなくなっちゃったんだけど」

うちの人というのが丈夫《ヂャンフ》のことだと理解するのに、ちょっとかかった。

「でも、終わるまで、家に来ないです」

「うん？」

「店が終わるまで、お父さんもお母さんも、家に来ないです」

「あら忙しいこと」

母は、たぶん家と店を往復して家事をこなしたり、もしかしたら珂と喋ったりもしたいのかもしれない。きっとそうに決まってる。でも父が許さないのだ。峯田さんがいた頃——もっとお客さんが来ていた頃は、母はいつも家と店を忙しく往復していた。でも、お客さんが来なくなって、峯田さんがどこかへ消えてから、父は母を店から出さないようになった。いつ客が来るかわからないからというのが理由だった。忙しいときには店を空けてもよかったのに、忙しくなくなってからは店にいなければいけないというのは、理解ができない。

「きょうだいは、いないの？」

「いません」

「なら、遅くまで家に一人なのねえ」

珂は頷いた。そのことに関して、それじゃ寂しいでしょうとか、頑張ってるわねとか、そういったことを言われる気がした。その予感を追いかけるようにして、すでに胸はあたたかくなっていた。でもおばあさんは、まるで見ていたテレビ番組が終わったかのように、すっと何でもない表情になり、カウンターを離れて背中を向けた。

「さてさて」

小部屋に入り、コタツの布団の乱れたところを、足で直す。

「それで、買い物はしないのね？　しないんなら、あんまり長いこといないでちょうだいね」

顔も見ずに言い残し、おばあさんはそのまま二階へとつづく階段に消えてしまった。相手に聞かせる秒読みのように、靴下の足音がゆっくりと遠ざかっていく。

ぽつんと店内に取り残された珂は、少し首を傾けた恰好で、黙ってそこに立っていた。おばあさんの足音に、聴き耳でも立てているようなポーズだったけれど、実際には聞いていなかった。聞きたくなかった。だんだん小さくなっていくおばあさんの足音も、自分の中からいまにもわき上がってきそうな声も。

回れ右をして引き戸を開けた。

しかし、路地に出たところで両足が固まった。

そこに立っていたのは山内だった。上半身をわずかにこちらへ傾け、弓なりになった両目が持ち上がり、唇がいまにも動きそうに隙間をあけている。まわりの景色が消え、山内だけが目の前に、切り抜かれたように立っていた。いつも着ている、胸にHAPPYと書かれた白いトレーナー。その上にある気持ち悪い顔。どうしてここにいるのだ。昼間の話が本当だったのかどうかを確かめに来たのだろうか。路地を吹き抜ける冷たい風の中、何も言わずそこに立っている山内と向かい合ったまま、珂は自分の顔がしだいに醜く歪《ゆが》んでいくのを感じた。そんなつもりはないのに、相手に笑いかけようとして、歪んでいくのだった。

「ああ、中にいたんだ」

山内が先に口をひらいた。いまにもやってくる恥ずかしさと悔しさに、珂は全身で身構えた。しかし山内は、珂の覚悟をするりとよけるようにして身体を回した。

「あの話がどうなったか、今度教えてね」

そのまま、上体を揺らさない歩き方で、珂を置き去りにして遠ざかっていく。珂は両足が釘付けされたように一歩も動くことができなかった。何も見なかったのだろうか。山内は店の中を覗きはしなかったのだろうか。いや、そんなはずはない。山内は見た。珂の話がぜんぶ妄想だということを、あの気持ちの悪い目で確認した。そのことにふれずに立ち去ったのは、珂が自分から山内に話すのを待つためだ。そして、珂が山内の期待どおりのことをしたとき、爪の先みたいなあの両目がまた持ち上がり、きっとすごく嬉しそうな顔になる。その顔つきを想像するだけで、いつの間にか睨みつけていた地面が、滲んで揺れた。山内に、どこかへいなくなってほしかった。気持ちの悪い存在に消えてほしかった。でもそんなことはきっと起きない。望んだことなんて起きたためしがない。山内は消えてくれない。何も消えてくれない。だから――。

滲んだ視界の端で、さっきからあいつが白い袖を揺らしていた。

いまかいまかと待っていた。

珂は右手を持ち上げ、皮をはぐようにして、毛糸の帽子を頭から取り去った。それを強く握りながら、無理に首を動かして顔を上げると、本当はずっと知っていたものが、突き刺さるように両目に映った。

あいつの顔は、珂の顔だった。

（六）

翌日は土曜日だった。

夕暮れ前、珂は台所のゴミ箱に唐辛子のパッケージを捨てた。

母の赤い帽子は、昨日のうちにタンスに戻してある。

赤いものや唐辛子が駆邪《チュィーシィエ》になると教えてくれたのも祖父だった。でも、けっきょく意味なんてなかった。

自分自身を追い払うことなんてできない。

流し台の戸に背中をつけ、冷たい床の上で体育座りをした。父は店の厨房で、たぶんいまは夜のための料理を仕込み、母は食材の買い出しに行っている。どちらも、どうせ大部分を捨てることになるのに。

昨日から、胸の出口が詰まって、逃げ場をなくしたものが冷たくふくらんで、もうふくらみきっていた。

ゆうべ寝支度をしていると、階下《した》の時間を終えて帰ってきた母に声をかけられた。

——何かあったの？

大人はいつも訊くだけだ。何かあったのかと訊かれれば、何もない。日本での暮らしも、学校での毎日も、一番みじめな状態のまま変わらない。まるで明日というものが、自分のもとへやってこようとするたび、くしゃくしゃに丸められて下水に流されていくように、同じ今日だけがつづいてきた。なのに、なくなってほしくないものばかり、どんどん消えていく。

——何もない。

正直に答えて布団に入った。ざらついた毛布の下で、世界にぽつんと一人きりの自分ばかりが意識された。髪の毛や指の先まで、一人きりだった。

台所で膝を抱えたまま、珂は考えた。いろんなことを同時に考えた。胸にふくらみきったものが、みぞおちと咽喉を圧迫していた。居間の向こうの腰窓から、大通りを行き交う車の音が響いてくる。それをじっと聞いているうちに珂は、切れ目なく連なった車の音が、かたちを持って近づいてきて、両耳から頭の中へするすると入り込んでくる気がした。音の連なりは頭の中でくっついて輪っかになり、珂を窓のほうへ引っ張ろうとした。立ち上がってしまうかもしれない、と思ったときにはもう、膝を立てていた。音に引っ張られ、まるで大人しい仔牛が連れて行かれるように、珂は窓に向かって居間を進んだ。薄曇った空の色が、視界の中でだんだんと広がっていく。生命保険というのは、子供にもかけられているものなのだろうか。これまで考えたこともない疑問が頭に浮かんだ。鍵を開けて窓をスライドさせる。大通りの音が高まり、両耳と頭を貫通する輪っかが、いっそう硬く、しっかりとしたものに変わった。

大通りの向こうにはあいつが立っていた。珂の顔をして、いまにもこちらに手を伸ばそうとしていた。でも、あの場所からだと手は届かない。下まで降りて、大通りのそばに立ってやらないと届かない。そう考えたとき、頭の輪っかがぐるんと回り、珂は窓に背を向けていた。頭が玄関のほうへ引っ張られていく。ドアが上下に揺れながら近づいてくる。冷えきった三和土《たたき》を裸足で踏み、珂は右手をドアノブにかけた。

電話が鳴っていた。

台所の隅、チラシや学校のプリントが積み重なったワゴンの上で鳴っていた。聞き慣れたその音に、珂を捕まえているものがひるんだように、ふっと頭が軽くなった。自分の重心がどこにあるのかもわからず、空気の中を泳ぐみたいにして、珂はワゴンに近づき、受話器を取った。

「もしもし」

日本語で応答したが、聞こえてきたのは中国語だった。

『珂か？』

祖父の声。

『そっちは四時くらいだろ。こっちが三時だからな』

どうだというようなその言い方に、目の奥が猛烈に痛くなったと思ったら、もう珂は泣いていた。でもそれが祖父にばれないよう、受話器を強く握りながら必死に息をこらえた。

『珂？』

まったく変わらない、陽気な声だった。返事ができずにいると、祖父は同じ声でもう一度、珂の名前を呼んだ。

「ごめん、ちょっと……」

咽喉の奥に力を込めて、やっと声を出した。

「電話がおかしいみたい」

『お前、風邪か?』

「そう、たぶん」

見やぶってほしいという思いが、きっとあった。でも祖父は珂の言ったことを素直に信じた。

『こっちほどじゃないけど、そっちも寒いんだろ。あったかくしてなきゃ駄目だぞ』

「うん、気をつける」

声は返ってこず、テレビの音がかすかに聞こえてきた。珠穆朗瑪峰《チュムランマ》の写真が飾られた居間で、たぶん祖父は、ゆったりと椅子に座って受話器を耳に当てているのだろう。テーブルには、お昼に使った食器がまだそのまま置かれているかもしれない。

「お祖父ちゃん、どうしたの?」

べつに用事はないのだという。

『元気でやってるかと思ってな。そっちからの手紙だとほら、店は相変わらず上手くいってるみたいだけど、上手くいってるってことは、忙しいってことだから、気になってさ。こっちにパソコンとか携帯電話がありゃ、もっと頻繁に連絡できるんだけど』

「店につなぐ?」

『いやいや、忙しいだろ。だからこの時間に電話したんだ。お前から聞ければいいと思って』

「二人とも元気だよ」

『お前はどうだ?』

「僕も元気」

そうかそうかと祖父は満足そうな声を聞かせた。赤い頬を持ち上げて頷いている様子が、目に見えるようだった。

『それだけ聞けりゃ、もう十分だ。そいじゃま、電話代もあれだから』

相手の裾を摑むように、珂は呼びかけた。

「お祖父ちゃん」

『うん？』

話すことなんて考えていなかった。

「小黒《シャオヘイ》は元気？」

『おお、元気だ。いまもそこでほれ、なんだか知らんけど、いつも遊んでたお前の昔の靴に噛みついて暴れてる。おい、バカこら、花が倒れるだろうが、こら』

小さな足が床を踏み鳴らす物音に耳をすましていると、水の底からぐんぐん浮かんでくるように、言葉がこみ上げた。

「お祖父ちゃん、教えてほしいんだけど」

『ほれ、放せほれ。え？』

遠い中国にいる祖父の耳に、珂は質問を投げかけた。

「人って、死んだらどうなるの？」

なんだそんなことかというような、拍子抜けした声で祖父は答えた。

『そりゃ、鬼《グウェイ》になるさ』

鬼《グウェイ》が日本語の「幽霊」にあたる言葉だということは、珂も知っていた。

『みんな鬼《グウェイ》になって、この世にいたときとおんなじように暮らしていく。愉快なやつは愉快に、つまらんやつはつまらなくな』

日本の幽霊とはずいぶん違うらしい。何度かテレビで見た日本の幽霊は、もっと怖い、恨みだけが人のかたちにかたまったようなイメージだった。

自分がこの国で死んだら、日本の幽霊になるのだろうか、それとも中国人だから、鬼《グウェイ》になるのだろうか。珂は幽霊になりたかった。幽霊になって、自分を馬鹿にしたクラスメイトたちを交通事故に遭わせたり、気持ちの悪い山内を不幸にしてやりたかった。

「僕も、鬼《グウェイ》になる？」

訊くと、当たり前だと祖父は笑う。

『生きてたときのまんま、楽しくやっていくことになるさ。まあ、お前が死ぬなんて、ずうっと、ずうっと先のことだけどな』

小黒《シャオヘイ》が悪さをやめず、電話代も高くなってしまうからと、やがて祖父は電話を切った。

置いた受話器に手をのせたまま、珂は動かずにいた。

ずいぶん経ってから、居間に戻って開けっ放しの窓を閉め、その窓の下で、また壁に背中をつけて座った。部屋に夕陽が流れ込んでいた。傷んだ畳がオレンジ色に染まり、細かい波が集まった海みたいに見えた。珂は膝を引き寄せ、そこにおでこをのせて目を閉じた。床を突き抜けて、父の大きな声が聞こえてくる。言葉までは聞き取れないけれど、独り言ではなさそうだった。母が買い出しから帰っているのだろう。半ズボンの腿から肌のにおいがした。自分の息がまじってあたたかい。顔を伏せているせいで、呼吸音が閉じ込められて、ごわごわと耳に響いた。誰かが自分といっしょに、すぐそばで息をしているようだった。その誰かの呼吸が、少しずつペースをゆるめていき、つられるようにして、珂もゆっくりと息をした。するとまた相手の呼吸が遅くなり、珂もそれに合わせた。

　夢の中で小黒《シャオヘイ》と遊んだ。場所は、生まれてから五年間を過ごした中国の家だった。部屋のところどころが、ピントが合っていないみたいにぼやけているのは、記憶が薄れているからだろうか。小黒《シャオヘイ》は、たぶんもうずいぶん大きくなっているはずだけど、夢の中では最後に見たときよりもひと回り小さい気がした。くすぐったいくらいの力で噛まれたほっぺたと膝が、唾であたたかく濡れた。ふざけていっしょに転げ回ったら、床も壁も柱も、安全なゴムでできているように痛くなかった。このまま家の外に出ても、同じやわらかさでできた世界が広がっている気がした。

　頭を起こした。

　ずっと曲げていた首が痛かった。

　もう部屋は真っ暗になっていて、珂はその暗がりをしばらく見つめてから、四つん這いになって床を進んだ。電気をつけるかわりに、テレビのリモコンを手に取った。誰かの声が聞きたかった。店に下りれば父も母もいる。でも珂は、自分と関係のない世界の声を聞きたかった。壁際の床に置かれているのは、日本に来て間もない頃、店が少しだけ儲かっていたとき、父が中古品店で買ってきた小さな液晶テレビで、その脇にあるのは、いっしょに買ってきたレコーダーだった。リモコンの電源ボタンを押すと、画面から放たれた白い光が顔を照らした。男の人の声が、言葉の途中からはじまった。

ニュース番組のスタジオで、スーツを着た男性キャスターが映っている。珂は四つん這いの恰好で、リモコンを片手に握ったまま、気づけば画面に見入っていた。いまこの人は何て言ったのだろう。集中していなかったし、とても早口だったので、たったいま自分が聞いた日本語は、意味の摑めない音の連続としてしか思い出されなかった。ズイオウガワノカワラデケサハッケンサレタダンセイノイタイノミモトガワカリマシタ——瑞応川は、近くを流れている長い川だ。下流は市の東端から海へつながり、上流のほうは山の中へつづいている。その河原でケサハッケンサレタダンセイノイタイノミモトがわかったらしい。残りの部分を珂が理解するあいだに、スタジオで短いやりとりがあった。それによると、どうやらそのニュースは最新のものではなく、昼の番組でも同じ内容が報道されていたようだ。

画面が屋外の風景に切り替わり、知っている場所が映った。

いや、知っているどころじゃない。昨日も行ったし一昨日も行った。いまマイクを向けられているのも、顔こそ映っていないけれど、知っている人だ。

『……つかず離れずっていうかねえ、仲良くやってたんですよ』

おばあさんの声。

『ごいっしょには暮らされていなかったんですね？』

レポーターが気遣わしげに確認する。

背景にガラスの引き戸。その向こうに白い軽ワゴン車が鼻をのぞかせている。日中に録《と》られた映像のようで、画面の中の景色はまだ明るい。

『はあ……いろいろありましたもんで。でも、悪い人じゃないんです。なかったんです。そんなねえ、けっして人に恨まれるような人間でもなかったし』

珂は両目を見ひらいて画面を凝視した。おばあさんの隣にもう一人立っている。そちらもおばあさんと同じく胸までしか映っていないけれど、茶色い革のジャンパーを着た男の人だということはわかる。珂は咄嗟にリモコンを握り直して録画ボタンを押した。その直後、男の人が話しはじめたので、カメラがさっとそちらに向けられた。

『ほんとに優しい人でしたよ』

やすりでこすったような声。

『だからね、恨みとかじゃなくて、通り魔とか、誰かを助けようとして刺されたとか、そういうことなんじゃないかと思います。おじさん、ぜんぜんそんな、争いをするような人じゃなかったですしね』

画面はふたたびスタジオに戻る。ニュースキャスターが早口で話す。今度はぜんぶ聞き取れる
──遺体には刃物で刺された痕があり、警察は殺人の疑いで捜査を進めています──。

『以上、ニュースをお伝えしました』

四つん這いのまま、珂は口で呼吸をし、その呼吸がどんどん浅くなっていった。

『つづいてはスポーツです』

急いでリモコンのチャンネルボタンを押し、ほかのニュース番組を探した。しかし、どこも違うニュースをやっている。珂は画面をレコーダーに切り替え、たったいま録画した映像を再生した。

『おじさん、ほんとに優しい人でしたよ』

画面を停める。この上着ははっきりと憶えている。何年も着て、生きた動物の肌みたいに細かい皺が浮いた、茶色い革のジャンパー。

「嘘……」

いや、嘘じゃなかったのだ。自分の考えは当たっていた。自分は本当のことを想像していた。嘘をついているのはこの人だ。一昨日、珂があの文房具店に入ったとき、この人はおばあさんの丈夫《ヂャンフ》——本人からするとおじさんを、刺し殺したあとだった。中国では兄弟の甥と姉妹の甥を呼び分けるけれど、日本ではそうしない。だからこの人がおばあさんにとってどんな「甥っ子」なのかはわからない。おばあさんの兄弟の子供なのか、姉妹の子供なのか。それとも殺された人のほうの親戚なのか。とにかくこの人は「おじさん」を殺し、珂が店を出たあと、その死体を毛布のようなものでくるんで車に積み、河原まで運んだ。見えるところに捨てたのか、草むらに隠したのか。いずれにしてもその死体は今朝になって見つかり、持ち物か何かによって身元が判明した。

いや、待て。

——病院に連れてってもらうとき、車の後ろに乗ったけど——。

嘘をついているのは男の人だけじゃない。

――べつに変なものなんて積んでなかったわよ。

おばあさんも嘘をついた。

あの人も、人殺しが起きたことを知っていた。

――そんなこと、誰かに話した？

――駄目よ、言っちゃ。

――二階がお家になってるお店でしょ。

――なら、遅くまで家に一人なのねえ。

真っ暗な部屋の中、一時停止された画面だけが音もなく光っていた。並んだ二人の腰から肩のあたりまでがそこに映っている。それ以外のものは、もう何ひとつ見えなかった。いまにも画面が上へスライドし、二人の目がひたとこちらに向けられる気がした。それでも珂は目をそらすことができず、四つん這いの恰好のまま、口で息をしつづけ、舌の奥がひりひりと乾いた。警察に連絡しなければいけない。違う、店に父と母がいる。いますぐに階段を降りて、二人に話したほうがいい。珂はリモコンを床に放り出し、ぐるんと身体を反転させた。玄関へ向かい、ドアの鍵を開けようとしたとき、同じタイミングで呼び鈴が鳴った。誰だ。いや、誰であっても構わない。少なくともドアの向こうにはいま大人が立っている。

「遅くにすみません、警察ですが」

その声が、ふわっとすべてを明るくした。照明のスイッチが実際に入れられて、部屋の隅々までが光で照らされた気がした。珂は急いで鍵をひねってドアを押し開けた。つぎの瞬間、まるで空気が透明なプラスチックに変わったように、その恰好のまま動けなくなった。目の前の暗がりに浮かんでいるのは、あの茶色い革のジャンパーだった。その上にあるのは、文房具店のカウンターの横でちらりとこちらを振り返った、あの顔だった。

すべてが真っ黒に掻き消え、直後、足が宙に浮いた。珂は両腕ごと胴体を絞られ、抱え上げられていた。全身で暴れながら大声を上げると、顔にかぶせられた布ぶくろごしに、口と鼻を押さえつけられた。荒々しく外階段を踏む足音とともに、暗闇が上下に揺れ、大通りの音が近づいてきて、身体が空を飛んだ。備える間もなく、ねじれるようにしてどこかへ落ちた。迫ってくるような短いスライド音。ばん、と両耳に空気が飛び込み、大通りの音が途切れた。

密封されたような静けさの中、車に放り込まれたのだと理解したとき、今度は別のドアが開く音がして、車体がひと揺れした。必死で起き上がりながら、顔にかぶせられた布ぶくろに手をかけると、その手に誰かの指がふれた。

「逆らっちゃ駄目」

おばあさんの声。

「あの子に、逆らっちゃ駄目」

落ち着いた、知識のない相手にものを教えるような声だった。珂は布ぶくろのへりに両手の親指をかけたまま動けなくなった。ぜんぶが怖かった。ものが見えないことも、運転席の甥っ子も、隣で落ち着いた声を出しているおばあさんも、これから何をされるのかわからないことも、そのわからないことの奥底に本当は見えている可能性も、ぜんぶ、ひとかたまりの恐怖になって全身をのみ込んでいた。アクセルが唸り、ギアが乱暴に動かされて車体が震える。エンジン音が一気に高まり、身体がシートに押しつけられる。

「大丈夫よ」

家が遠ざかっていく。

「大人しくしてれば大丈夫」

どうして自分は赤青えんぴつを盗もうなんて思ったのだろう。どうしてあの文房具店に行ったのだろう。どうして自分が見たものをおばあさんにぜんぶ喋ってしまい、どうしてさっき玄関の鍵を開けたのだろう。

「ロックしといて」

さっきテレビで聞いた、やすりでこすったような声。

「右も左も」

隣でおばあさんが動き、左右で一回ずつ鈍い音がした。珂はシートに横倒しになったまま、ただ両足をちぢこまらせ、布ぶくろの中に自分の呼吸音を聞いた。その呼吸音はどんどん速くなっていき、咽喉が、壊れた笛みたいな音を立てた。甥っ子がアクセルを踏むたび、ブレーキを踏むたび、全身が前に後ろに引っ張られた。ちぢめた両足に力を込めて、珂は自分の身体を支えた。しかし、ブレーキが強く踏まれたとき、こらえきれずにシートの上を反転して硬い場所に落ちた。

「じっとしてろ！」

爆発するような怒鳴り声。おばあさんが珂の両肩に手を添えて引っ張り、そのままシートへ背中を誘導する。

「外から見えないようにしといてくれ」

言葉に従い、おばあさんが珂の頭を下へ押し込んだ。珂はシートに座らされた状態で、膝にひたいをつけた。ほんの数秒後、エンジン音が静かになった。どこかへ到着したのだろうか。しかしすぐにギアを入れ替える音がして、車はふたたび走り出した。シートのへりを摑み、後ろへ持っていかれそうな身体を支えながら、珂は必死で考えた。車の外へ逃げなければいけない。でも左右のドアはロックされている。そのロックがどこにあって、どんなかたちをしているかもわからない。一瞬でそれを外してドアを開けることなんて無理だ。後ろはどうだろう。文房具店でガレージを覗き込んだとき、暗くてよくわからなかったけれど、後部座席の後ろにハッチを見た気がする。それを内側から開けることができるかもしれない。つぎに車が停まった瞬間、顔の布ぶくろを外すと同時に背もたれを飛び越え、内側からハッチを開けて道路に出る。いや、もっと無理だ。ハッチの開け方なんて、ドアロックの開け方よりもわからない。それに布ぶくろは巾着になっている。首のまわりが紐ですぼまっている。すぐに外せるわけがない。

二人が油断しているときに動くしかない。つまり、いまだ。車が走っているときだ。車内はたぶん真っ暗だから、そっと右手を動かしてドアのロックを探り、エンジン音にまぎれて開けることができるかもしれない。それが成功したら、顔に布ぶくろをつけたままドアを開けて外へ飛び出す。死んでしまうだろうか。このままじっとしているのと、走っている車から飛び降りるのと、どちらが死ぬ確率が高いだろう。

急に身体が右へ引っ張られ、ドアに肩がぶつかった。いまかもしれない。気づかれないようにロックを外せるのは、いまかもしれない。しかし、すぐに車が減速した。左右に一度ずつ揺れ、しばらく走ったあと、エンジン音が弱くなり、とうとう車は停まった。

　運転席のドアが開き、冷たい風が吹き込んでくる。風の向こうからは、ほかの車の走行音がまったく聞こえない。ここはどこだ。左でおばあさんが動き、珂の首すじに袖をこすらせながら、右側のドアに手を伸ばした。ロックが外され、直後、そのスライドドアが外からひらかれた。

「立て、出ろ」

　言いながら、甥っ子は自分で珂の襟首を摑んで引っ張り出す。転げ落ちそうになり、急いで足下を確かめながら地面に立つと、強い風が横ざまに吹きつけた。

「やっぱり、あれかしらねえ……」

　反対側のドアから出てきたおばあさんの声。

「助けてやれないのかしらねえ」

「そうやってずっと苦労してきたんだろ？」

　声が乱暴にかぶさる。

「おじさんのことだって、金も仕事もなくて可哀想だから可哀想だからって、頑張って貯めた金を渡しつづけて」

「ぜったい人に話さないって、この子に約束させたら……」

「それがおじさんのときと同じだって言ってんだよ！　これが最後これが最後ってあの人に言わ

れて、それを信じて馬鹿を見たんだろ？　一円も返ってこなかったんだろ？　約束なんて誰も守らねえんだよ！」

怒鳴り声が途切れると同時に、波の音がした。

腕を摑まれて前に歩かされる。布ぶくろの震えが大きくなったり小さくなったりしながら鼓膜を震わせ、歩いている両足には何の感覚もない。いまの大声を、誰かが聞き取ってくれたのではないか。様子を見に来るか、警察に通報してくれるのではないか。しばらく進んだところで止まらされ、すぐ目の前で、チェーンのようなものが鳴った。その音は左右にじゃっと伝わったあと、風の音にまぎれて消えた。そのことで珂は、ここがどこであるかを知った。

知ると同時に、もう自分に望みはないと悟った。

さっきの大声を聞き取った人なんて、きっと誰もいないし、この二人が自分を殺そうと思えば、ここなら簡単にできる。

南側の蝦蟇倉市。その東端にある、弓投げの崖。海に向かってザリガニのはさみのように突き出した断崖。いま鳴ったのはたぶん、立ち入り禁止のチェーンだ。これを越えたら、もうすぐ地面は終わり、何十メートルも下で、荒い波が渦巻いている。背後にはシーラインが走っているけれど、そこまでの距離はかなりある。昼ならまだしも、夜は崖の様子なんて道路から見えない。誰も気づいてくれない。叫んだところで、この風の中、人の声なんて絶対に届かない。

ふたたび前に向かって歩かされる。枯れた植物の感触が、肩や腕や足をこする。ここは自殺の名所だと、クラスで誰かが話しているのを聞いた。「弓投げ」と「身投げ」が似ているから、死にたい人がここへ来て、海に飛び込む。崖には死んだ人の幽霊がたくさんいて、目が合うとあの世に連れていかれる。爆発するような波音が不規則に響いて下腹《したばら》を震わせた。腕を引かれ、その波音に向かって歩かされた。ここが自殺の名所なのは、語呂合わせのせいなんかじゃなく、邪魔する人がどこにもいないからだ。そして、簡単に命を消してくれる荒波が、崖の下でいつもうねっているからだ。初めてこの場所を歩かされ、いま珂はそのことを理解した。自分は自殺をしたと思われるだろうか。それとも、事故ということにされるだろうか。死体は誰かが見つけてくれるのだろうか。

腕を摑んでいた手が離れ、シャツの背中へ移動する。

身体が前に向かって押された。重たい波の音はもう、ほとんど真下から聞こえた。身体が抵抗してくれない。押されるがまま、両足が前に向かって進んでいく。教科書に描いたぱらぱら漫画のように歩いていく。このままもう少し歩いたら、あの少年になる。あいつに袖を引かれ、ページの外に出て消える。自分はずっとそれを想像していた。そんなことが起きてほしいと思っていた。だからあれを描いた。だから道の隅や校庭であいつの姿を見てきた。崖の端に向かって押されているのに、身体が抵抗してくれないのは、怖いからではなく、これが自分が望んでいたことだからなのだろうか。このままぱらぱらと歩きつづけて消えることができるからだろうか。でも自分がいつも想像してきたのは、そんなことばかりじゃなかった。学校で中国語の授業がはじまったり、店にお客さんがたくさん来てくれたり、広い家に引っ越したり、中国に帰って祖父や小黒《シャオヘイ》と遊ぶことだって想像していた。消えたら何も想像できない。もう何も思い描けない。

「袋――」

咽喉の奥から、息といっしょに日本語が押し出された。シャツの背中を摑む手が、ほんの一瞬だけ迷うような間を置いて、ぐっと後ろへ引かれた。

「なんつった?」

珂に訊くというよりも、おばあさんに問いかけるような声だった。珂は布ぶくろの中で息を吸い込み、風の音に逆らって言葉を発した。

「袋を取らないと、事故にも自殺にも見えないと思います」

周囲で枯れ草が風になぶられて叫ぶ。足下で波が爆発する。珂は身体を回して後ろを向いた。

「そうだわ。ねえ、そのとおりよ」

「袋なんて、波で取れるだろうがよ」

「でもほら、やっぱりいちおう……」

たとえ顔から布ぶくろが取り去られ、ものが見えたところで、いったいどうやって逃げるというのか。走ったところで捕まる。草の陰に隠れても見つかる。

「ね、心配だから」

おばあさんの声について、風の中でもわかるほどの苛立たしげな息遣いが聞こえ、珂の首もとに二つの手が添えられた。この手はこれから布ぶくろを取り去る。目の前に二人の姿が現れる。声の方向からして、いま二人は、ちょうど三角形のように、それぞれ珂の斜め前に立っている。珂の背後では、すぐそこで地面が途切れ、真っ暗な空間が口をあけている。その光景を思い描いたとき、ある考えが頭に飛び込んできた。唐突に、野生動物のような勢いで。自分が生きる可能性が最も高い方法。この場で自分が生き残る方法。首もとの紐が緩められる。布ぶくろが上に引かれる。直前から見ひらいていた両目が、夜の空気にさらされた。視界に映し出されたのは、二人の姿と、それを取り囲む枯れ草のシルエット。そして——。

「逃げることは考えるなよ」

そのシルエットのあいだで揺れる、二本の白い袖。

あいつは珂を見ていた。真っ直ぐに目が合った。

「後ろ向け」

そう命じられた瞬間、正面から海に向かって風が吹き抜けた。絶叫のような音を立てるその風の中で、あいつは珂に向かって訊ねるような顔をしてみせた。珂は自分の唇の左右を、硬い針金のように持ち上げた。相手は両目を弓なりに細めてこたえた。ふたたび風が吹く。その風に乗るようにあいつの姿が急接近し、その手が革のジャンパーの袖を摑んで引く。風の中でおばあさんが叫ぶ。そのおばあさんの袖をあいつの手が摑む。二人の姿は真っ暗闇に吸い込まれて消え、珂は強く目を閉じた。風の音も波の音も聞こえず、鼓膜の奥にはただ自分の声ばかりが繰り返されていた。滾出去《グンチューチュイ》 滾出去《グンチューチュイ》 滾出去《グンチューチュイ》 滾出去《グンチューチュイ》 滾出去《グンチューチュイ》 滾出去《グンチューチュイ》 滾出去《グンチューチュイ》 滾出去《グンチューチュイ》 滾出去《グンチューチュイ》 滾出去《グンチューチュイ》 滾出去《グンチューチュイ》 滾出去《グンチューチュイ》 滾出去《グンチューチュイ》 滾出去《グンチューチュイ》 滾出去《グンチューチュイ》——。

18:09
あすの
天気
白沢
9℃
2℃
はれ
ほんとに優しい人でした
河原で発見の遺体
妻と親族は・・・

第三章　絵の謎に気づいてはいけない

（一）

窓に目をやると、大通りの向こうに巨大なバースデーケーキが浮かんでいた。てっぺんに三角形の旗が立てられた、白いケーキだった。

竹梨が妻にあれを買って帰ったのは、もう十年以上も前のことだ。蝦蟇倉中央郵便局で起きた強盗事件の犯人が起訴され、署内で恒例の軽い起訴祝いを終えて家路についたとき、初夏の陽はまだ沈んでいなかった。竹梨は商店街の店でショートケーキと「Happy Birthday」の旗を買ってアパートに帰った。夫婦二人きりなので、ケーキは片手の指を広げたほどの大きさだった。

しかし、妻はほんのひと口食べただけでフォークを置いた。

――生クリームが苦手なの。

もちろん竹梨はすぐさまテーブルを回り込んで謝った。生クリームが苦手なのを知らなかったことよりも、結婚して六年目だというのにそれを知らなかったことに慌てた。妻の心を刺したのも、おそらく同じものだったのだろう。薄く笑って首を横に振りながら、彼女は竹梨の目を見ようとしなかった。翌日、当時のパートナーだった隈島にそのことを話すと、ケーキを買って帰る相手がいるだけありがたいと思えと、予想どおりの言葉で一蹴された。

「そいつを熟読したところで、何も出てきやせんよ」

向かい合って立つシロさんの口調は、相変わらず時代がかっている。話している相手は竹梨ではなく、その隣に立っている新米刑事の水元《みずもと》だ。そいつというのは、シロさんが作成した鑑識資料採取報告書だった。

「でも自分、どうしても気になるんです。なんか見落としがあるんじゃないかって」

「ありゃ自殺だ」

シロさんは眉間に皺を寄せ、その皺を伸ばすように手の付け根を押しつける。シロさんという呼び名は苗字の代田から来ているのだが、髪が見事に白く、さらにいつも白衣姿なので、イメージとしては代《シロ》さんよりも白《シロ》さんだ。

「現場での見落としはないし、解剖でも自殺ということで間違いなかったんだろうが」

事件性の有無を判断するのは、シロさんたち鑑識官でもなければ、解剖する監察医でもない。竹梨たち刑事の仕事だ。普段のシロさんならそれをわきまえているはずなのだが、ひどく断定的な物言いになったのは、珍しく自分が現場の鑑識を担当したからだろうか。そんなことを思いながら、竹梨はまた窓外のバースデーケーキに目を向けた。

「ほれ、お前さんの先輩なんぞ、もう話を聞いてもおらん」

「聞いてますよ」

「ビル建設がそんなに珍しいか？」

シロさんが白髪頭を寄せ、竹梨と同じ場所を見る。

「いや……なんかあれ、ケーキに見えて」

「ああ？」

「ほら、てっぺんのあのクレーンが旗で」

通りの向こうにあるのは、建設中のオフィスビルだった。びっしりと組まれた足場が、四月の太陽を真っ白く跳ね返し、屋上部分で赤いクレーンがのろのろと動いている。垂直に延びたクレーンの本体と、そこから水平よりも少し下に突き出されたアームが、ちょうど横長の三角形に見えるのだった。もちろん下の一辺が欠けているが。

「タワークレーンが旗か。なるほど、見えないこともない」

「日曜日で世間は休みだってのに、建設現場の人たちは大変ですね。まあ俺たちも同じですけど」

「カレンダーだけが世間じゃないだろう」

「あのクレーン……タワークレーン？　あれってビルが完成したらどうなるんですかね？」

「知らん」

解体されるんですよ、と水元がふてくされた声を挟む。

「ビルが高くなるのといっしょに、ああやってどんどん高い場所にのぼっていって、最後は解体されて終わりです」

「最後に解体ってのは、虚しいな」

竹梨の言葉に、シロさんが鼻を鳴らす。

「なにも廃棄されるわけじゃなかろうが」

「人間とは違いますからね」

水元が書類に目を戻しながら言う。

いまのは、定年間近のシロさんや、年配の竹梨に対する嫌味だろうか。

水元は警察学校の刑事専科を出たばかりの新人だ。この蝦蟇倉警察署に赴任してからほんの一週間しか経っておらず、教育係として選ばれた竹梨のもとで、仕事をおぼえている真っ最中だった。竹梨は六年前まで先輩刑事の隈島とコンビを組み、その後はずっと同期がパートナーだった。新米と仕事をするのは新鮮といえば新鮮なのだが、水元の全身から発散されるぴかぴかさに、どうにもまだ馴染めない。

隈島がいなくなってからの六年間で、蝦蟇倉警察署はずいぶん変わった。ぽんこつだったパソコンはみんな新調されたし、刑事全員にスマートフォンが支給された。署内の灰皿もすべて撤去され、じつのところこれが竹梨には一番嬉しい変化だった。隈島と仕事をしていたときにはいつも副流煙に悩まされていたものだ。

「そうだ代田さん、例の花びらはどうなりました?」

水元が書類から顔を上げて訊く。小柄なので、まるで先生と生徒のように見える。

「今日のうちに結果が出る。何の役に立つかはわからんがな」

遺体の服に付着していた、正体不明の花びらのことだ。

宮下志穂の遺体が自宅マンションで発見されたのは、昨日の朝のことだった。彼女は全国に支部を持つ宗教団体、十王還命会の幹部で、発見したのは蝦蟇倉支部の支部長である守谷巧《もりやたくみ》だ。

十王還命会の総会員数は千人を超え、この蝦蟇倉市に支部ができたのは十二年前のこと。死んだ宮下志穂が統括していたのは「奉仕部」――チラシ配布や戸別訪問によって会員を増やすことを目的とした部署で、一般の会社でいえば営業部。つまり宮下志穂は営業部長といったところだろうか。歳は三十七で、全国の幹部では最も若かった。

宮下志穂は市内のマンションで一人暮らしをしており、そこから毎朝、市の外れにある十王還命会蝦蟇倉支部まで車で通っていた。ところが三日前の朝、彼女は支部に姿を現さなかった。支部長の守谷巧が携帯電話に連絡をしても応答がなく、翌日も同様で、それがとうとう三日目になったとき――つまり昨日、守谷は自ら車を運転して彼女の自宅を訪ねた。到着したのは午前十時過ぎのことだったという。

宮下志穂の部屋は一階で、守谷の供述によると、何度か呼び鈴を押したが反応はなかった。マンションの駐車場を確認すると、いつも宮下志穂が乗っているクリーム色の軽自動車が停められていた。守谷はマンションの管理会社である「クレホームズ」に連絡をとって事情を説明し、心配なのでドアの鍵を開けてもらえないかと頼んだ。そこで現れたのが中川徹《なかがわとおる》、まだ三十五歳だが、クレホームズの代表取締役社長だった。

その後、中川がマスターキーを使って玄関ドアを解錠した。そして守谷がドアを開けたとき、宮下志穂があの状態で死んでいるのが発見されたというわけだ。

　通報の内容から、自然死でないことは明らかだったので、すぐさま人員が派遣された。現場に向かったのは竹梨と水元、検視官の絹川《きぬかわ》、そして鑑識官のシロさんだ。鑑識課長であるシロさんが自ら現場に出るのはなかなか珍しいことだが、ちょうど市内で交通事故が連続し、部下がみんな手一杯だったらしい。大きな所轄であれば、交通事故専門の交通鑑識が配置されているが、人手不足の蝦蟇倉署にそんなものはない。

　マンションに到着した竹梨たちは、現場保存のために立ってくれていた制服警官から短い報告を受けたあと、まずは宮下志穂の遺体を検《あらた》めた。ルーキーの水元にとっては、じつのところそれが初めて〝赤の他人の死体〟を目にした瞬間だった。さぞかし青い顔をしているかと思ったが、意外にも落ち着いた物腰で、しかしその落ち着きに刑事ドラマの主人公を真似ているような節があるのが気にくわなかった。

　宮下志穂は玄関ドアに背中をつけ、三和土《たたき》に座り込む格好で死んでいた。首に白い延長コードを巻きつけ、そのコードは室内側のドアノブに結びつけられていた。部屋着だろうか、ピンク色のトレーナーにジーンズ。靴下やスリッパは履いていなかった。顔には眼鏡と化粧。首は引っぱられて伸びきっていた。

　シロさんと絹川による臨場が行われているあいだ、竹梨と水元は遺体の発見者である守谷と中川から事情を聞いた。

　――中川さんに鍵を開けてもらってドアを引いたとき、異様に重たいと感じました。

五十八歳の守谷巧は、白髪の一本も見当たらない髪を中央でゆるやかに分け、がっしりとした身体にきっちりと合った黒いスーツを着て、ついさっき人間の死体を発見したとは誰も信じないような落ち着き払った態度だった。

——それと、異臭が。

守谷いわく、その異臭とドアの重みがどう関係しているのかを想像する前に、十センチほど開いた隙間から室内《なか》が見えたのだという。1LDKで、手前のキッチンと奥のダイニング、そしてリビングが目に入り、その隣にある寝室はスライドドアが半分ほど閉じられていた。宮下くん、と声をかけたが、声も物音も聞こえない。奥にあるカーテンは引かれた状態で、室内は薄暗かった。守谷は背後に立つ中川と顔を見合わせたあと、ふたたび隙間に目を向け、そのときドアの内側に何かがあることに気づいたのだという。

——馬鹿げたことに、私はそのとき彼女が……宮下くんが、そこに座っているのだと思い、ドアを開けたことを咄嗟《とっさ》に謝りました。いや、もちろん彼女がそこに座っていたこと自体は事実だったのですが。

通報によって制服警官が駆けつけるまで、ドアには十センチほどの隙間が開いているだけで、守谷も中川も部屋に入ったりはしなかった。

——警察へ連絡したのは、私ではなく中川さんです。私は自分の電話をうっかり車に置いてきていたので、彼が自分の携帯電話でかけてくれました。

その中川は、キツネ目が印象的な男で、事情聴取のあいだ、守谷の話に頷《うなず》いたり、こちらからの質問に首を縦に振ったり横に振ったりしながら、終始不機嫌な態度を崩さなかった。ひっきりなしに電子タバコを吸い、ときおり思い切った舌打ちさえ聞かせ、人が死んだことよりも、自分の会社が管理する物件の中で死んだことのほうがはるかに問題だという態度を隠そうともしなかった。

二人から事情を聞き終え、連絡先を控えたとき、ちょうどシロさんと絹川による臨場が終了した。竹梨と水元は、守谷と中川を解放し、現場に足を踏み入れた。宮下志穂の遺体はすでにストレッチャーに載せられ、運び出されるのを待つばかりとなっていた。

マンションの外観を見たときから、宮下志穂の収入が少なくないことが察せられたが、その印象は室内に入ってより強まった。決してものが多い部屋ではない。しかしテーブルや椅子やソファー、キッチンの食器、寝室のベッドなど、竹梨が見ても高級だとわかるようなものばかりが揃えられていた。テーブルの端にぽつんと置かれたグラスは、シロさんいわく「Ｂａｃｃａｒａｔ《バカラ》」らしい。ベッド脇、ナイトテーブルの上にはアップルのノートパソコン、そして床《ゆか》には灰色の小さな犬が一匹、身動きもせずに横たわっていた。

――遺体にすり寄るようにして死んでいた。

シロさんが犬の首を片手で摑み、持ち上げてみせた。

――こんなのいました？　さっきは見えなかったけど。

――ホトケさんの尻の向こう側に倒れていたからな。

ドアの隙間から覗《のぞ》いたときは、角度のせいで見えなかったようだ。

――こいつは飼い主に寄っていき、じゃれついたり遊びをねだったりするが、電池がなくなると自らチャージステーションまで歩いてバッテリーを充電する。ホトケさんの左手がこいつの上に乗っかった状態だったから、その重みで動けなくなって、そのまま力尽きたんだろう。

犬はロボットだった。シロさんが言ったチャージステーションというのは、犬と同じ灰色をした、小判形の薄い台で、ベッドの脇にあった。

――マンションの規定か何かで、本物の犬が飼えなかったんでしょうか。

水元が言うと、シロさんが不機嫌そうに呟いた。

――誰もが本物を欲しがるわけじゃない。

その言葉に、竹梨は内心で首をかしげた。

シロさんには、若くして死んだ娘がいる。彼女は結婚して数年で離婚し、シングルマザーで頑張っていたのだが、七年前に病魔に冒されて死んだ。彼女の写真をシロさんがいつも財布に入れて持ち歩いていることを、竹梨は知っている。その写真と、いましがたのシロさんの言葉が、どうもそぐわない気がしたのだ。

が、もちろんすぐに考え直した。死んだ家族と、その写真。本物の犬と、ロボット犬。全く別物だ。

――シロさん、詳しいですね。

ロボット犬を顎でしゃくりながら、わざとからかい気味に言うと、シロさんの横顔が珍しく微笑《わら》った。

――孫娘に、買ってくれとせがまれたことがあってな。スマートフォンで宣伝動画を見せられた。

死んだ娘がシロさん夫婦に託した女の子のことだ。七年前の葬儀で会ったときは、たしか二歳だったので、いまは小学三年生くらいか。母親の葬儀だということさえ理解できず、指を口に入れながら、ずっと誰かを探すように首を回していたあの子が、いまはスマートフォンなど扱えるようになったとは驚きだった。

――遺体の状況をご報告します。

検視官の絹川がそばに立った。絹川は竹梨と同年配の四十代半ばだが、言葉遣いが馬鹿に丁寧だったのは、そこにシロさんがいたからだ。検視官になる前の警察大学校時代、絹川はシロさんの講義を受けていたらしい。

――遺体は死後二日ほど経過しており、死因は首に巻きついた延長コードによる窒息死だと思われます。

絹川はもやしのような身体をぴんと伸ばし、竹梨たちではなくシロさんのほうへ顔を向け、まるで面接でもしているように固い声だった。

――ああして両足がついた状態で首を吊る場合、通常の首吊りよりもゆっくりと死んでいくので、相当に苦しいはずです。もし自殺だとすると、アルコールか睡眠薬のようなものの助けが必要だったのではないかと。

これについては、後の解剖により、宮下志穂が睡眠薬を摂取していたことがわかった。薬は彼女が常用していたもので、市内の病院で処方されており、処方箋の確認も済んでいる。

――何か異常は？

念のために訊いてみた。

――見たところ、ありません。

絹川はうっかり丁寧語のまま竹梨に答え、きまり悪そうな顔をした。

――花びらがあった。

シロさんの言葉に、全員、軽く首をかしげながら顔を向けた。

――何の花かはまだわからん。遺体のトレーナーの、腹のあたりに一つだけ付着していた。

すでに証拠品袋に入れられていたその花びらを、竹梨と水元は見せてもらった。シロさんが花びらを「一枚」ではなく「一つ」と数えたのは、それがしわくちゃの小さな固まりになっていたからだろう。茶色く、消しゴムのかすのように縮こまっていたが、なるほど確かに花びらだった。

しかし室内に花などない。

――二日前、死んだ日に、どこかでくっついてきたんですかね。

竹梨が言うと、それを考えるのはお前らだろうというように、シロさんは背中を向けて帰り支度をはじめてしまった。

ほどなくして、ストレッチャーに載せられた宮下志穂の遺体が、ブルーシートでつくられた目隠しの中を運ばれていった。シートに濾《こ》された光がその顔を青白く照らし、死んでいるのに、彼女は若返って見えた。

その後、水元と二人で室内を調べた。

マンション裏手の駐車場に面した腰窓はしっかりと施錠されており、また遺体発見時に玄関ドアの鍵も閉まっていたので、まず自殺で間違いないだろうと思われた。クレホームズが管理する物件はセキュリティーが売りらしく、窓は二重ロック、玄関ドアの鍵も、個人での複製ができない、フランスのＧＡＲＤＩＥＮ《ガルディアン》社製のものを採用していた。ガルディアン社の鍵はいわゆるディンプル錠――無数の窪みによる凹凸を使った鍵――の中でも非常に複雑なつくりのため、鍵専門店でも合い鍵をつくることができない。もし複製する場合にはメーカー発注となるが、そのとき必ずメーカーのほうに履歴が残る。あとで水元に確認させたところ、宮下志穂の部屋の鍵では複製の履歴がなかった。彼女は入居時にクレホームズから二つの鍵を渡されており、その一つはダイニングの椅子の背にかけられたハンドバッグの中に、もう一つは寝室に置かれたチェストの引き出しに入っていた。

午後になって上がってきたシロさんの報告書によると、首に巻きついた延長コードからは宮下志穂の指紋以外は検出されず、テーブルに置かれたバカラのグラスからも、出たのは彼女の指紋だけ。グラスの縁にもしっかりと彼女の唇の跡が残っていた。寝室にあった本人のスマートフォンも調べられたが、とくに気になる点は見つからず、マンション住民や近所への聞き込みも行ったが、収穫はゼロ。

要するに、自殺を否定する材料は何もなかった。

宮下志穂は常用している睡眠薬を摂取したのち、延長コードを自分の首に巻きつけ、反対側の端をドアノブに結び、眠りながら死んだ。死ぬのに延長コードを使ったのは、強度のある紐状のものがほかになかったから。それを玄関ドアのノブに引っかけたのも、ほかに人間の身体をぶら下げられる場所がなかったから。

そういうことになった。

「でもあれ、ほんとに自殺なのかなあ……」

水元はまだ書類を睨《にら》みつけたまま、ぶつぶつ言っている。

「お前さんは、あれが事件であってほしいのか？」

シロさんが訊くと、短く考えてから、大きく首を横に振った。

「そりゃ、事件じゃないほうがいいに決まってます」

「宗教団体というものに対する偏見は？」

「はい？」

「もし死んだのが一般企業の幹部で、発見したのがそこの責任者だったら、お前さんは同じくらい怪しんでいたかということだ。今回は宗教団体の幹部が遺体で見つかり、それを発見したのが支部の責任者だった。いかにも怪しいと思っているんじゃないか？　宗教団体内部での殺人は、たしかにこの国でも過去にあったからな。だが、統計をとってみれば、おそらく会社の上役が部下を殺したケースのほうが多い」

水元はこれにも過剰なほど大きくかぶりを振った。図星を指されたからなのか、あるいは本当に心外だったのかはわからない。

「あらゆる事実を疑うのが刑事の基本じゃないですか。警察学校でも、竹梨さんにも、そう教えられました。だから疑ってるだけです。まあ、もしかしたら自分にとって初めての事件だからっていうのはあるかもしれませんけど――」

事件、とシロさんが口の中で呟いたが、水元は気づいていないようだ。

「このまま自殺で片付けちゃったら、自分、このさき十王還命会のビルを見たり、寮の郵便受けを開けるたびに思い出しちゃいそうで」

「ビルを見たくなければ避けて通ればいいだろう。郵便受けというのは何だ」

「前にチラシが入ってたんですよ、集会に来ませんかみたいな」

そのとき若い鑑識官が入ってきてシロさんに報告書を手渡した。シロさんは老眼鏡をかけてその書類を一瞥《いちべつ》したあと、内容をごく簡単に説明してくれた。

「花びらは桜だった」

桜、と水元が呟く。

「品種はソメイヨシノ――この季節、どこにでも咲いている桜だ」

「支部の桜！」

大声とともに、水元の顔がこちらを向いた。

じつのところ竹梨も同じものを思い出していた。

十王還命会蝦蟇倉支部の建物は、十二年前、市の外れに唐突に現れた。白壁の三階建てで、アーチのついた縦長の窓が整然と並び、オーストリアの有名な図書館を連想させると誰かが言っていた。竹梨は海外に行ったことはないし、その図書館をネットで検索してもいないので、本当に似ているのかどうかは知らない。

　春になると、その十王還命会蝦蟇倉支部の前庭で、桜がいっせいに花を咲かせる。正面玄関の両脇に五本ずつ、合計十本植えられたソメイヨシノは、それぞれが巨大なカリフラワーのように丸々とふくらみ、風が吹けば人の姿を隠すほどの花吹雪が見られる。支部長の守谷によると、もともと地域の人々に親しみを持ってもらう目的で桜を植えたらしいが、その試みはどうやら成功しているようだ。桜の季節には、支部の前庭が開放され、たくさんの人々が花を見に入ってくる。もちろん公園や河川敷のような気軽さで入ってくるわけではないので、大勢の人でごった返すようなことはないが、宗教団体の敷地を一般の人が散歩すること自体、おそらく相当にレアケースだろう。

「あそこの花びらっていう可能性はないですか？」

　水元の顔が眼前に迫り、竹梨は思わず身を引いた。

「それはつまり……三日前、宮下志穂が支部に行って、そのとき落ちてきた花びらが服について、それをつけたまま帰宅して自殺したってことか？」

「違いますよ。だって彼女、死んだと思われる日は支部に行ってないんですから。かといって昨日の遺体発見時に、守谷や中川さんの身体に花びらがついていて、それが宮下さんの服に移動したわけでもなければ、ドアの隙間から風で入り込んだわけでもないです。あの花びらは完全に枯れてましたからね。枯れた花びらは落ちてきませんし、風で飛んできたりもしませんせん」

「……つまり?」

ためしに訊いたものの、水元が何を考えているのかは、登場人物を呼び捨てにしているかいないかだけで明白だった。

「三日前、守谷が支部を出たとき、桜の花びらが落ちてきて服か髪についた。守谷はそのまま宮下さんの部屋を訪ねて、花びらは彼女のトレーナーに移動した。でもトレーナーはピンク色だったから、守谷は何も気づかないまま部屋を出た。その花びらが二日経って、ああして茶色くなって見つかった」

「要するに、守谷さんが宮下さんを殺したと」

「そうは言ってません」

「言っとるよ」

シロさんが白髪頭を手のひらの付け根でとんとん叩く。水元はそのシロさんに顔を接近させて訊いた。

「代田さん、桜をDNA鑑定することってできないんですか?」

「鑑定した上でソメイヨシノだと確定している」

「じゃなくて、ソメイヨシノ同士の比較です。あの花びらが、どのソメイヨシノのものなのかDNA鑑定することはできませんか?」

「世界中のソメイヨシノはみんな同じDNAを持っとる。もともとすべて、一本のソメイヨシノからつくられたクローンだからな。ついでに言えば、DNA以外の要素で鑑定することも、今回に関しては難しいだろう。現場で見つかった花びらからは、この書類に書いてある成分以外は検出されなかった」

その成分というのは、街中のほとんどの街路樹に付着している、ごくありきたりなものばかりなのだという。

「竹梨さん、とりあえず宮下さんのマンションの近くにソメイヨシノが生えているかどうかを確認しに行きませんか？」

「だな」

「よっし」

水元はデスクに駆け戻り、真新しい仕事鞄を摑む。竹梨も上着を取ってこようとデスクに向かいかけたが、シロさんに袖を引かれた。

「……あいつは、あの事故のことを知っとるのか？」

目で水元を示す。

「いえ、話してません」

六年前の夏、ゆかり荘というアパートの前で起きた死亡事故のことだ。事故を起こした車は十王還命会のもので、後部座席に乗っていたのは宮下志穂。運転していたのは、奉仕部で働く彼女の部下だった。事故には唯一の目撃者がいた。その目撃者の証言により、車は法定速度内で走っており、回避不可能な飛び出し方をされたという運転手の言葉が裏付けられた。彼は過失運転致死傷罪に問われたが、不起訴となり、いまも会の奉仕部で働いている。

「今回の件とは関係ないですからね。課長からも、あの事故の話は一切出すな、考えるなって言われてます」

いい判断だ、とシロさんは白髪頭を揺らした。

「捜査に私情が入り込むと、ろくなことが起きんからな」

「そういうこってす」

考えてはいけないのだ。

忘れなくてはいけない。

忘れたい。

「俺も、いい判断だと思います」

その後、竹梨と水元は署を出て、宮下志穂が住んでいたマンションへと向かった。周辺に車をくまなく走らせてみたが、そのあたりには公園も庭つきの家もなく、木といえば閑散とした道に植えられているプラタナスだけだった。

もちろん桜の花びらは、舞っても落ちてもいなかった。

(二)

「それは当然、大変ですよ。なにしろ宮下くんあっての奉仕部でしたからね」

高価《たか》そうな木製デスクの上で、守谷巧は両手の指を組んだ。竹梨と水元はデスクと向かい合ったソファーに並んで座っていたが、位置が低いので、相手を見上げる恰好になった。この支部長室に誰が訪ねてきても、必然的にこうなるのだろう。

宮下志穂のマンション周辺にソメイヨシノが生えていないことを確認したあと、その足で十王還命会蝦蟇倉支部へとやってきたところだった。

「会員の皆様にご迷惑をおかけするわけにはいきませんので、昨日からいろいろと懸命に動いております。動揺させないように、かつ奉仕活動も従来どおり円滑に進むように」

守谷の声は不思議だ。低く、ボリュームを抑えてあるのによく響き、抑揚があまりないのに単調な印象を与えない。言葉に同調して厚い唇が動くのを、竹梨はさっきからじっと見つめていた。

「宮下さんの死については、会員さんにどう説明されていますか？」

隣で水元が訊く。ここへ向かう車の中で、今回の事情聴取はお前が進めろと伝えてあった。水元はそれを聞くなり、まるで大量の栄養ドリンクでも摂取したように両目を見ひらき、隣に座っていてわかるほど鼻息が荒くなり、その状態はいまも控えめにつづいている。

「急死という言葉で統一しています。自ら命を絶ったという事実が会員の皆様に伝わることは、本人も望んでいなかったかもしれませんので」

「昨日もお訊ねしましたが、宮下さんが自殺された理由については何も心当たりがないんですよね？」

守谷は、かたちだけかもしれないが、日差しの入り込む窓のほうへ目をやり、しばらくじっくり考えるような間を置いてから答えた。

「ありませんな」

そうですか、と水元は呟き、膝に置いたＢ５サイズくらいのタブレットに、専用らしいペンで何か書き込む。捜査や事情聴取の際に何を使ってメモを取るかは、べつに規定があるわけではないが、竹梨を含め大抵の刑事は、署内の売店で売られているメモ帳を使っている。中には文具店で自分好みのものを探して買ってくる者もいる。しかしタブレットというのは初めてだった。ちらりと画面を覗くと、細かい手書きの文字が並んだ一番下に、「(５秒ほど間) ありませんな」と走り書きしてあった。

「ではつぎに、守谷さんが宮下さんの部屋を訪ねたときのことをもう一度確認させていただきます。まず、最初に何度か呼び鈴を押しても応答がなかった。だから守谷さんは、マンション管理会社のクレホームズに連絡をした。そこで中川社長が自らやってきて、玄関ドアを解錠した。守谷さんがそのドアを引いたとき、ドアが異様に重たくて、さらに異臭がしたとお聞きしましたが、間違いないですか？」

用意していたように淀《よど》みない口調だった。

「ありません」

「そのあと、十センチほど開いたドアの隙間から室内を見たら、誰もいなかった。さらにそのあと、ドアの内側にある宮下さんの遺体に気づいた？」

「そのとおりです」

なるほど、と頷く水元の横顔に、勝機を摑んだような興奮が浮かんだ。

「……おかしくないですか?」

　守谷は表情だけで訊ね返す。水元は、これから口にする言葉の効果をより高めるためか、しばらく黙り込んでからつづけた。

「そうした場合、室内よりも先にまずドアの内側を確認しませんか?　だって、ドアを重たくしているものが、すぐそこにあるわけですから。普通はそれが真っ先に気になると思うのですが、違いますか?　ましてや異臭がしていたんですよね。そこに何かあると思うのが普通じゃないですか?」

　水元が話している最中から、守谷の目に段階的な変化が現れていた。軽い驚き、興味、そして相手を哀れむような目つきになり、最後は顔全体に申し訳なさそうな表情が浮かんだ。

「刑事さん……ミズハラさん?」

「水元です」

「水元さん、すみません。水元さん、一人暮らしをしている女性宅のドアを、合い鍵を使って開けたご経験は?」

「ありません」

「ではそのドアを開けたとき異様に重たいと感じたり、突然の異臭を嗅いだご経験もないわけですね……ああ、ありがとう」

　守谷は入り口のほうに向かって頬笑んだ。

「妻です。ここの自治部、一般的な会社で言うところの総務部のような部署を統括してもらっています」

　お茶の載ったお盆を持ってきた守谷の妻は、竹梨たちに軽く会釈しただけで、にこりともしないまま、ローテーブルの上に湯呑みを二つ、守谷のデスクに一つ置いて出ていった。守谷と同い歳だと聞くが、あまり手入れされていない白髪まじりの頭と、痩せているのに垂れ下がった両頬のせいで、ずっと老けて見える。

　守谷夫妻はここで暮らしているわけではなく、自宅がこの支部のすぐそば、住宅街から少し外れた場所にある。二人は三百六十五日ここへ通い、日中をほぼこの施設内で過ごしている。

「とにかく、事実はそうだったということです」

　守谷が話を戻し、お茶をひと口すすってからつづけた。

「現実は子供向けのなぞなぞではありませんからね、すべてのものに必ず答えがあるわけじゃない。たとえ不自然だと言われても、私にはそれが自然だったのだから仕方がありません」

　水元の横顔にぐっと力がこもった。しかし言葉は返さず、タブレットにペン先をぶつけるようにして何か書き込んだあと、片手で画面を右から左に撫《な》でた。ページが切り替わり、そこにもまた細かい字が並んでいる。

「もう一つお訊きします。守谷さんは、まず宮下さんのお宅の呼び鈴を押した。しかし応答がなかったので、クレホームズに電話をかけた。そのあとのことですが、中川さんの到着は、どこで待っていらっしゃいました？」

「宮下くんの部屋の前です」

「すると中川さんへの電話も、部屋の前からかけたわけですね？」

自分の車です、と守谷が答えたので、水元の横顔にありありと落胆が浮かんだ。

もしいまの質問に、玄関先からかけたと答えていたら、中川が到着したとき守谷は自分の電話を持っていたことになる。そうなると、昨日の証言とのあいだに矛盾が生じる。守谷は宮下志穂の遺体を発見して警察に連絡するとき、自分の電話を車に置いてきていたので中川に頼んだ、と言っていたからだ。

相手の嘘を見破ってやろうと、水元はあれこれ作戦を準備してきたらしいが、いまのところ通用していないようだ。守谷のほうが一枚上手《うわて》なのか、あるいは本当に嘘をついていないのか。

「人に聞かせたい内容ではありませんからね。車に戻ってドアを閉め、電話をかけました。それで中川さんが来てくれることになり、到着を待つためにまた宮下くんの部屋の前まで戻ったんです。そのとき電話を車に置き忘れたようで……ちょっと失礼」

かすかな振動音が聞こえ、守谷がワイシャツのポケットからスマートフォンを出して覗いた。厚い唇をわずかに引き締めたあと、水元に顔を戻す。

「ほかに何かありますでしょうか？　なければ、業務のほうが少々立て込んでおりますので」

水元はタブレットのページを手のひらで右へ左へせわしく捲《めく》りながら、まるで試験終了直前なのにまだ問題を解き切れていない学生のようだ。

「……こんなところで、いいんじゃないか？」

竹梨が小さく言うと、もう何度かページを捲ったあと、水元は悔しげな顔でタブレットの電源ボタンを押した。暗くなった画面がしんと天井を映した。紙のメモ帳を閉じるときよりもいっそう、終了、という印象が強かった。刑事の仕事に、あまり向いている道具ではないかもしれない。

竹梨たちが立ち上がると、守谷も腰を上げ、デスクを回り込んでドアのほうへ向かった。

「次回から、前もって連絡をもらえると助かります」

水元ではなく竹梨の顔を見て言う。

「すみません、そうします」

「昨日お伝えした携帯番号で構いませんので。下までお送りしましょう」

日差しが白く照らす廊下へ出ると、守谷は部屋のドアを閉め、ポケットから鍵を取り出して施錠した。

「どうして鍵をかけるんです？」

おそらく根拠はないのだろうが、水元がわざと疑うような声で訊く。守谷は相手の顔と、たったいま施錠したドアを見比べたあと、鷹揚《おうよう》に頬笑んだ。

「個人情報保護の時代に、驚くような質問をされますな」

「でもここ、施設の中ですよね」

「蝦蟇倉警察署はどのドアも施錠しないんですか？」

「いえ、警察署にはいろんな人間が出入りしますから」

ここも同じです、と守谷は両手を広げる。

「どんな素性の方でも受け入れています。とくにいまは桜のシーズンで、会員以外の方々もたくさん、花を見に敷地内へ入ってきてくださいますしね。もちろん疑うわけではありませんが、データの保護は重要です。何かあってからでは遅いですから」

先ほど竹梨たちが前庭を抜けてきたときも、町の人々が桜を眺めながら散歩しているのを見た。今日は日曜日なので、家族連れもおり、けっこうな人数だった。

「参考までに、どんなデータを守ってらっしゃるんです？」

水元が質問を重ねる。なるべく時間を引き延ばし、守谷という男を間近で観察しつづけようという算段なのかもしれない。

「もちろん、いろいろですよ。こうした宗教法人は、入会していること自体を周囲に知られたくない方々もいらして、そのあたりの秘密を厳守するのも私たちの仕事のうちです。なにしろ昔に比べてデータが小さくなったので、持ち出しやすいですからね。コンピュータ類にもドアにも、ロックは必須です」

言いながら守谷は背中を向けて廊下を進みはじめる。竹梨たちもあとにつづいた。足音の響く静かな廊下を抜け、広い階段を下りながら、水元が十王還命会の教義について守谷に訊ねた。

「十王というのは、閻魔大王を中心とした、人の死後の行く末を決める十人の王です。王たちは、死んだ人間が六道――すなわち地獄、餓鬼、畜生、修羅、人、天という六つの世界の、どこに生まれ変わるかを判断する役割を担っています。しかしそれは仏教の教えであって、私たちの教えでは異なります。私たちは、生前の行いの善し悪しにかかわらず、死者がこの人間世界にふたたび生まれ変われるよう十王と交渉します。愛する人が亡くなってしまったとき、その人がふたたびこの人間世界に戻ってきてほしいと願うのは当然のことですからね。私たちは、そんなみなさんの願いが実現するよう、ほんの少しだけお手伝いをさせていただいているんです」

計算されたように、説明が終わると同時に正面玄関へ到着した。ガラスドアを押し開ける守谷に一礼し、竹梨と水元は前庭に出た。春の空は晴れ渡り、視界の上半分に、子供の風船みたいに真っ青な色が広がった。

「……やってみるか？」

囁くと、水元も囁き返した。

「やってみましょう」

開け放たれた正門のほうへは向かわず、二人で桜の下を歩く。ちらりと振り返ると、守谷はガラスドアの内側からまだこちらを見ていた。正面玄関の左右に五本ずつ、合計十本植えられている桜の下を、街の人々にまじりながら、ゆっくりと歩く。春風が吹いて桜の花を散らし、周囲で感嘆の声が上がった。実際、いつもながら見事な花吹雪だった。

「ついてます？」

水元が身体ごと振り返って訊く。

「ああ、一枚」

健康そうな水元の短髪に、桜の花びらが一枚のっかっていた。

「俺のほうはどうだ？」

「ついてないっす」

「薄くなってきたからな」

駐車場へ戻るあいだ、水元は首をなるべく垂直に保ちながら歩いた。

「俺が運転するか？」

「いえ、自分が」

二人で車に乗り込んで出発した。

市街地を走りながら、タブレットは便利かと訊いてみると、便利す、とのことだった。

「スタイラスペンって、慣れると普通のペンで紙に書くよりいいですよ。筆圧いらないし、止め撥《は》ね払いもちゃんとできますし」

「お前、書道やってたんだっけ」

「一応、段持ってます」

「そのうち看板も書かされるだろうな」

え、と水元の横顔が興奮で満たされた。

「それって、すごいことですね」

署内に捜査本部が設置されるとき、部屋の入り口に貼り出される紙看板は、どの所轄でも署員の中にいる書道有段者が書くことになっている。蝦蟇倉警察署では、以前は隈島が、いまは刑事課長が担当していた。

「すごいかね……」

曖昧に首をひねりつつ、竹梨はスーツの内ポケットに挿《さ》してあるボールペンを抜いた。隈島とコンビを組んでいた頃、初めて竹梨の働きで犯人を逮捕できた翌日、ぶっきらぼうに渡されたプレゼントだった。お前の書いた書類は読みにくいと、いつも文句を言われていたので、少しは字を練習しろという意味があったのだろうか。水性のボールペンで、さらさらと紙の上を滑ってくれるので書きやすく、これのおかげで少しは字が上手くなった気もする。

隈島と最後に担当した事件――蝦蟇倉東トンネルの出口付近で、石によって撲殺された梶原尚人の事件は、六年経ったいまも未解決のままだ。新たな発見は何ひとつなく、時間が経つにつれて署内の担当人員は減らされ、やがて竹梨も捜査から外された。しかし、あの事件のことは、いつまでも頭の奥にこびりついたまま、このボールペンを見るたび思い出す。いや、見なくても思い出す。いくら忘れようとしても思い出す。

「けっこう高級そうですね」

「まあ、モンブランだからな」

「ケーキと同じモンブランですか？」

「どうなんだろうな」

ペンの尻についた、白い花のような、星のようなマークを眺める。これはヨーロッパアルプスの最高峰、モンブランの冠雪を表していると隈島に説明されたのを思い出しているうちに、目的地へ到着した。

駐車場に車を停め、互いにドアを出る。

「ついてますか？」

水元がこちらへ回り込んで頭を突き出した。

「ついてるな」

「なら、可能性としては、今朝自分が署で言ったこともありえるわけですね」

三日前、守谷が支部を出たときに桜の花びらが服か髪についた。守谷はそのまま宮下志穂の部屋を訪れ、花びらは彼女のトレーナーに移動した。しかしトレーナーはピンク色だったので、守谷は何も気づかないまま部屋を出た。その花びらが二日経ち、茶色くなって見つかった。

「可能性としてはな。でも、この時期あそこの敷地はいろんな人間が出入りしてるだろ。さっき守谷さんも言ってたし、俺たちも見た」

「わかってます。とにかく自分、可能性を追いかけたいんです」

髪に桜の花びらをつけたまま、水元はその場でしゃがんだり立ち上がったり、車を一周して戻ってきたり、小刻みに頷いたり首を横に振ったり、急に振り返ったりした。髪質のせいもあるのだろうが、花びらは頭にのったままだった。その様子を、「クレホームズ」と印刷された大きなガラス窓の向こうから、女性事務員が不審げに眺めていた。

（三）

中川徹の社長室は、先ほど守谷と話した支部長室と比べると、三分の一ほどの広さだろうか。しかしデスクもキャビネットも、空気清浄機やパソコンといった電化製品も、すべて白で統一してあるせいか、狭くは見えない。もっとも竹梨の自室くらいはあるから、そもそもべつに狭くはない。

「お訊きしたかったのですが、入居者の親族でもない人からの連絡で、そう簡単にドアの鍵を開けてしまうものなんでしょうか？　一般的にはという意味ですが」

ここでの事情聴取も水元に任せてあった。

「ケースバイケースです。宮下さんの場合は、ご親族がいらっしゃらず、入居時に連帯保証人になったのも守谷さんでしたから」

中川は小ぶりのソファーの向かい側に座っていた。竹梨たちをこの部屋に招き入れたときからずっと、彼は十秒に一回ほど、あの印象的なキツネ目をわざとらしく壁の時計や自分の腕時計に向けた。腕時計はカルティエだった。

「なるほど、連帯保証人だから問題ないと思って鍵を開けた？」

中川はぞんざいに頷き、また腕時計を見る。水元のほうは、いったん手もとのタブレットに目をやってから顔を上げた。

「責めてるわけでも何でもないんです。ただ事情を確認しているだけで」

「べつに責められているとは思っていません」

曖昧に頷く水元の横顔に、初々しい恥じらいの色が浮かんだ。もしかしたら、事情聴取でのやりとりを事前に想定し、自分の言葉も含めてぜんぶメモしてきたのかもしれない。準備したそのメモのとおりに場を進行させているのは、少々いただけないとしても、竹梨は隣で感心した。今日の事情聴取を担当しろと水元に言ったのは、十王還命会蝦蟇倉支部に向かう車の中だ。ということは、そのときすでに守谷や中川への事情聴取の流れをタブレットにまとめ終えていたことになる。自分が事情聴取を担当させられることを、事前に予想していたのだろうか。

「ところで守谷さんからの連絡でマンションに駆けつけたとき、中川さん、相手の身分証のようなものは確認しましたか？」

「はい？」

意味が摑めなかったことを一方的に相手のせいにする、嫌な訊き返し方だった。

「守谷さんの身分証明書です。たとえば免許証とか」

「どうして確認するんです？」

「いや、だって、宮下さんが部屋を借りるときに守谷さんが保証人になったといったって、あなたが直接会ったわけじゃないですよね？　書類にサインとか印鑑とか、あれしただけかと思うんです。鍵を開けてくれと言ってきたその人が、ほんとに保証人の守谷巧さんかどうか、わからないじゃないですか。泥棒の可能性だってあるんじゃないですか？」

「あったら？」

「あったらって――」

「じっさい本人だったんだから、そのへんはいいだろ」

竹梨は助け船を出した。

「すみませんね、中川さん。防犯も我々の仕事の一つなもんで」

すると中川は、自分がこれから会話をつづける相手はこっちだと明示するように、上半身ごと竹梨に向き直った。

「防犯は、ええ、たしかに大事です。うちが、ピッキングもできなければ合い鍵もつくれないガルディアン社製の鍵を使ってるのも防犯のためです。社名に入っている〝クレ〟も、フランス語で〝鍵〟という意味で」

セキュリティーに特化した物件を扱うことが、時代のニーズとマッチし、クレホームズは四年前の創業以来ずっと業績が伸びつづけているのだと中川は説明した。

「その腕時計も、たしかフランスのメーカーですよね」

「よくご存じで」

「中川さん、まだ三十――？」

「五です。今年で六になりますが」

中川の表情がようやくほどけかけたとき、隣で水元がタブレットのページを捲って質問した。

「ガルディアン社製の鍵を複製することは絶対に無理なんですか？」

中川は一瞬、無視するような素振りを見せたが、竹梨が答えを待つような顔をしてみせると、面倒くさそうに答えた。

「鍵屋では無理ですね。昨日も言いましたが、メーカー発注でしか同じものはつくれません」

「鍵以外で、あのマンションの錠を開け閉めすることはできると思いますか？」

「ピッキングということですか？」

「はい、たとえばそういう。何でも」

「鍵を持っていないかぎり、内側のラッチを回すことでしか絶対に開け閉めできません」

そうですか、と水元はタブレットにメモを取ったが、そのとき中川の顔に何かが走ったのを竹梨は見た。しかしすぐにそれは跡形もなく消え去り、水元が横からまた質問をつづけた。

「遺体発見時のことをお伺いします。中川さんご自身は、ドアの隙間から宮下さんの遺体をご覧になりましたか？」

「いえ、見てはいません。もれてきた臭いだけで、もうかなり悪い予感はしてましたんでね、守谷さんに中の様子を説明されて、ああやっぱりと」

「そのあと警察が到着するまで、ずっと守谷さんといっしょにいました？」

「いました」

「目も離してない？」

「もちろんそういうわけじゃありません。私が警察に電話したんで」

「電話するには、電話を見ますもんね」

「当たり前です」

水元はタブレットに目を落とし、かつかつとメモを取る。それが終わると、準備してきた質問はこれで全部だったのか、不意に唇を結んで黙り込んだ。その機を逃すまいというように、中川は素早く内ポケットから手帳を取り出し、たぶん適当にページを繰《く》った。

「打ち合わせが入ってるんで、そろそろ帰ってもらっていいですかね」

竹梨と水元は目だけで協議し、腰を上げた。中川も手帳を内ポケットに戻して立ち上がった。手帳は細長い、よく見かける形状のものだが、本革のカバーがいかにも重たげで、使い勝手は決してよくなさそうだ。

「この会社を興《おこ》したとき、セキュリティーに特化した物件を扱おうと思ったのは、どうしてだったんです？」

竹梨は部屋の出口で振り返り、最後に訊いてみた。中川は竹梨たちを見送る素振りさえ見せず、すでに奥のデスクへと戻っていた。

「大学時代、親父を亡くしまして」

「ああ、それは……」

「居直り強盗っていうんですか、ピッキングで空き巣に入った男が、帰宅した親父と鉢合わせして、台所の包丁を摑んで刺して」

「犯人《ほし》は？」

水元が素早く訊く。

「ほし？」

訊き返してから中川は、ああ、と鼻に皺を寄せて笑った。明らかに、相手に見せるための苦笑だった。

「警察がすぐに捕まえてくれましたよ。実家は県外なので、こちらの警察じゃありませんがね。とにかくそれがあったんでセキュリティーというわけです」

最小限の言葉で締めくくると、中川はパソコンのマウスを操作し、何かはじめてしまった。竹梨たちは部屋を出て、三人ほどいた従業員に会釈してから車に戻った。

事情聴取が思うようにいかなかったせいだろう、署に帰る車の中で、水元の横顔は沈んでいた。

「お前が刑事になった理由って、聞いてたっけか？」

気詰まりだったので適当に話題をつくると、刑事ドラマです、と水元は馬鹿正直に答えた。

「子供の頃から好きで、ずっと刑事の仕事にあこがれてました」

「やってみて、どうだ」

「まだわかりません」

だよな、と竹梨は窓外の景色に目を移した。

「竹梨さんは、何だったんです？」

そう訊かれ、すぐには言葉が出てこなかった。

刑事ドラマの影響がないといえば嘘になる。実際、多くの刑事はドラマの影響からこの職に就いている。ただ、それを馬鹿正直に話す人間が少ないだけだ。

何故、自分は刑事になったのだろう。

新人の頃はきっと答えることができた。しかしいまは、答えることができたはずのその言葉さえ思い出せない。それはたとえば、布団で目が覚めたとき、たったいままで憶えていたはずの夢がどうしても思い出せないのに似て、曖昧な断片のようなものだけを残してどこかへ消え失せていた。ぼんやりと街の景色を眺めながら、かわりに竹梨の頭に浮かんだのは、小学四年生の頃の記憶だった。

　同じソフトボールクラブに、土屋《つちや》という恰好いい六年生がいた。背が高くて、冗談が上手くて、足が速くて、鼻が大人みたいに高くて、どうしてかいつも竹梨を可愛がってくれた。二歳しか違わないのに、将来こんなふうになりたいと、竹梨はあこがれていた。ある日曜日に練習試合があり、朝から引率の男性教師といっしょに、みんなで電車に乗って隣の白沢市まで出かけた。電車の中で、竹梨の同級生が、財布の中に千円札が三枚も入っていることをしきりに自慢していた。ところが試合に負けた帰り道、ローカル電車の中で、その同級生が騒ぎ出した。財布から千円札がすべて消えていたのだ。

　チームの中に、家が貧乏で、ボンビーというあだ名の五年生がいた。竹梨たち下級生もボンビー先輩と呼び、相手はそれを、いま思えば自尊心を殺しながら、薄ら笑いで受け止めていた。チームメイトの金が消えたことは土屋先輩の耳にも入った。土屋先輩はローカル電車の中で、独自の推理を展開し、試合中にみんなが荷物を置いていた場所や、チームメイトそれぞれのポジション、打順を待っていたときの動きなどから、ボンビーが盗ったのではないかと言った。話には説得力があり、みんな、そうだそうだと同意した。ボンビー先輩は少し離れた場所で、ただうつむいて、顔中に力を入れ、何か聞き取れないことを呟きつづけていた。

　学校に戻ると、帰路でずっと黙り込んでいた引率の教師が、急に全員の持ち物を調べると言い出した。荷物検査は問答無用ですぐに実行され、夕暮れの校門前で、一人一人のバッグの中が順番に調べられた。教師の顔色が変わったのは、ボンビー先輩のバッグを開けたときのことだった。

バッグの中に突っ込まれた手が、すぐに同じ勢いで出てきた。教師の日焼けした横顔は、口にわずかな隙間をあけたまま、永遠に固まってしまったように見えた。その手には三枚の千円札が握られていた。背後の校庭では、茶色い砂埃がうっすらと舞っていた。

金を盗まれた竹梨の同級生は、みんなの前で、ボンビー先輩からその三枚の千円札を受け取った。ボンビー先輩は、電車の中で見たときと同じように、うつむいて、しかし今度は泣きながら何か言っていたが、やはり聞き取れなかった。

（四）

窓の向こうで、バースデーケーキが灰色にかすんでいた。

「この雨で桜も終わるだろうな」

シロさんがそばに立ち、窓に顔を向ける。

「けっこう強いですからね」

「例の花びらはどうなった」

「どうもなりません」

水元とともに行った花びらの実験は、はっきり言えば意味がなかった。守谷と中川への聴取も、宮下志穂の死が自殺であることをより強く裏付ける結果に終わった。あれから五日、現場周辺への聞き込みをつづけ、鍵の件でガルディアン社への再確認なども行ったが、新たな発見は何もない。中川が別れ際に言っていた、彼の父親が殺されたという事件についても、担当の所轄に問い合わせてみたが、今回の件には関係なさそうだった。

「弓投げの崖で、また死体が上がったな」

「ついさっきですよね。聞きました」

あの崖では、昔からよく人が死ぬ。

崖の名前が「身投げ」に通じるせいだとも言われているが、町の内外からしょっちゅう自殺志願者がやってきては命を絶つ。いわゆる自殺の名所というやつで、つい数ヶ月前の冬にも、文房具店を経営していた老婆とその甥が遺体となって浮いているのが見つかった。その直前に瑞応川の河原で、老婆の夫が他殺体で発見されていたことから、二人が共謀して彼を殺害し、そのことを悔いて崖から身を投げたのではないかと考えられた。しかし有力な物証は出てこず、けっきょく真相はわかっていない。捜査本部は解散されないまま、いまも担当刑事たちは捜査をつづけている。竹梨は担当ではないので詳しいことは知らないが、あれから進捗《しんちょく》はどうなっているのだろう。

「身元、まだわかってないんですよね」

「成人男性らしいがな」

「あそこほんと、うちで把握してるだけでもけっこうな人数ですけど、潮に流されて見つからない死体もあるだろうから、実際にはもっとたくさん自殺者いるんじゃないですかね。みんなあの崖から飛び降りて、ほんとに芸がないというか……あれ、お前まだいたのか」

ネクタイを外したワイシャツ姿の水元が刑事部屋に入ってきた。昨夜は水元にとって刑事生活二度目の当直で、今朝の八時半には勤務時間が明けているはずなのだが、もう昼に近い。

「帰る前に、仮眠室でちょっと横になろうと思ったら、落ちちゃいまして」

「帰って、ゆっくり寝ろ。雨だから気をつけてな」

いいえ、と水元はポケットから丸めたネクタイを取り出して丁寧に伸ばす。

「帰ったところで誰もいませんし、仕事します」

警察学校を終えたあと、大抵の警察官は独身寮に入るが、水元も同様だった。蝦蟇倉警察署の独身寮は築四十年近い年代物で、竹梨も結婚してアパートに引っ越すまで住んでいた。

「働いてても手当つかねえぞ」

「いいっす」

課長のデスクで電話が鳴った。課長はしばらく相手と話していたあと、室内を見渡し、窓辺に立つ竹梨を見つけると、人差し指を折り曲げて左右に動かす。指の先端は竹梨のデスクに向けられていて、どうやら電話らしい。

「竹梨です」

デスクに戻り、立ったまま電話を取った。相手は、冬に遺体で見つかった老婆と甥の件を担当している刑事だった。戸外《そと》かららしく、雨の音がする。

『いま瑞応川の河原で地取りしてたんですけど、ルアー釣りしてた若いお兄ちゃんが、拾いものをしたって言って』

「この雨で釣りかよ」

『水が濁るから、魚がルアーによく騙《だま》されてくれるそうで』

「んで何を見つけたって？」

手帳だという。

『びちょびちょだったんですけど、ちょっと中を見てみたら、竹梨さんたちがやってる件に関係ありそうだったもんで』

（五）

水元とともに河原へ到着するあいだに、雨はさらに強まった。

「これです」

電話をくれた刑事が、ビニールの証拠品袋に入った手帳を手渡した。湿気で指紋が壊れてしまわないようにだろう、袋の口はあいている。入っていた手帳は、文庫本を細長くしたくらいの大きさで、黒い革のカバーがついていた。

「中はぜんぶ見てません。試してもらうとわかると思うんですけど、ページを捲ると破損しちゃいそうで」

竹梨と水元と三人で、互いに傘を重ねるようにしながら喋っていた。そうしていても、雨滴《あましだり》が傘を叩き、川面を激しく鳴らし、声を張らなければならなかった。

「何で俺たちの件に関係ありそうだと思ったんだ？」

「カバーの内側にあるポケットに名刺が入っていて、クレホームズの代表取締役のものでした。中川——」

「徹？」

「徹、はい。三枚入っていたので、本人の名刺っぽいですね」

たしかに自分のもの以外の名刺を複数持つことはあまりない。するとこれは中川徹の手帳なのだろうか。その気になって見てみると、五日前にクレホームズで目にしたものと似ている気がする。

「どこで見つけたって？」

「あっちの岩の陰です」

三人でそこへ移動した。水際から三メートルほど離れた場所で、大きな岩が二つ、頭を寄せ合っている。ルアー釣りの青年によると、それら二つの岩の、ちょうどあいだくらいの位置に、手帳は落ちていたのだという。

「雨が強いし、これ、署に持ち帰ってもいいか？」

「こっちは構いません」

手帳を証拠品袋に戻し、竹梨と水元は土手に停めていた車まで戻った。

「中、見てみますか？」

運転席に座った水元が上半身をこちらにねじる。寝不足と興奮で、両目が異様に充血している。

「下手にあれすると、たしかに破損しちまいそうだけど――」

竹梨はハンカチで証拠品袋の水滴を拭き取り、白手袋をはめた。中から手帳を取り出し、慎重にカバーを捲ってみる。なるほど中川徹の名刺が三枚、ポケットに挿し込まれている。名刺入れの中身がなくなったときのために予備で入れてあったのだろうか。革カバーは水を吸い、たぶん実際以上に重たくなっていた。しかし中の紙に関しては、すっかり濡れているわけではなさそうだ。岩陰に落ちていた――あるいは置かれていたおかげだろう。白い扉紙は、周囲から水がしみていたが、真ん中あたりは乾いている。そっとその扉紙を捲ってみると、つぎのページも同様だった。最初に現れたのは今年の年間カレンダーで、書き込みなどは何もない。さらに捲ると、週ごとの予定を書き込むページがはじまった。週間レフトタイプというのだったか、左側のページに七日間分のマスがあり、右側のページは自由にメモができるよう白紙になっている。黒いボールペンの文字が、濡れた部分は滲んで読めなくなっていたが、見たところ、左側も右側も、書き込まれているのはいかにもビジネス的な事柄ばかりだ。そしてそれは、いくらかページを捲ってみても同じだった。

「今週とか、先週のページは無事でしょうか」

「どれ」

四月のページを探しあてる。

「これが先週だな」

左ページの下から二マス目にある土曜日は、宮下志穂の遺体が発見された日。その下の日曜日は、竹梨たちがクレホームズを訪ねて中川への事情聴取を行った日だ。それらのマスに、何かボールペンで文字が記されていたようだが、滲みきって読めない。右の白紙ページにもいろいろと書かれており、こちらも周囲が判読不能になっていたが、読める部分からすると、どうやらビジネス関係の内容がメモしてあるだけのようだ。――いや、中央より少し下側、ぎりぎり判読できる位置に、携帯電話の番号らしきものが走り書きしてある。

０９０からはじまるその十一桁が、竹梨は気になった。

数字の並びに憶えがあるように思えたのだ。

「ちょっと待ってください、それ、もしかしたら――」

水元が急いで鞄からタブレットを取り出した。画面を操作し、これまでの情報を独自にまとめてあるらしいファイルをひらく。手書きではなく、タイプされたファイルだった。実際よりもずっと細かい文字を追っているように、水元は画面に顔を近づけて何かを探し、やがてぎくっと身体を強張《こわば》らせた。濡れた上半身が一瞬だけ巨大化したように見えた。

「守谷巧の番号です、ほらここ！」

見ると、たしかに同じ番号がそこに書かれている。竹梨も内ポケットから自分のメモ帳を取り出してページを繰った。やはり同じ番号がメモされていた。最初の事情聴取の際、守谷から聞いて書きつけたものだ。手もとの濡れた手帳に目を戻す。携帯番号は書いてあるが、誰の番号なのかは記されていない。こうした場合、番号をメモした直後に、その番号へ電話をかけているケースが多い。

「何で中川さんが守谷の番号をメモしたんですか？　これ、中川さん本人にすぐ確認したほうがいいですかね？」

「いや――」

もう確認はできないかもしれない。

竹梨は自分のスマートフォンを取り出し、中川徹の携帯番号にかけてみた。電波が届かないか電源が切られているというアナウンスが流れたので、すぐにクレホームズのほうにかけ直した。女性事務員が応答し、中川につないでほしいと言うと、今日はまだ出社していないとのことだった。昨日や一昨日はどうかと訊いてみると、言葉をにごされた。

「署に電話して、弓投げの崖で見つかった遺体のこと訊いてみろ」

竹梨は早々に通話を終わらせて水元に指示した。

「え、今朝のやつですか？」

「中川徹かどうか確認してもらえ。この川、すぐそこで海につながってるだろ」

「あっ」

その可能性に、どうやら水元はいま初めて気づいたらしい。

「すぐ確認してみます！」

水元はスマートフォンで署の番号に発信し、膝の上のタブレットに覆いかぶさるようにして、いつでもメモがとれる体勢をとった。竹梨は中川のものと思われる手帳を、もう一枚だけ、そっと捲ってみた。濡れたページの端はいまにも破れそうだったが、なんとか上手く剥がれた。左ページは今週のスケジュール。右ページに——何だこれは。

「あ、お疲れ様です水元です。いま竹梨さんから指示があって——」

水元は早口で経緯を説明した。早口すぎて二度説明しなければならなかった。

「あがった遺体って、いま署にあるんですか？　じゃあすぐ——はい、会社のホームページがあります。クレホームズで検索すれば、ええ。そこに中川さんの写真がありますんで、それと見比べてもらえれば——いえ、自分は運転なんで——」

水元がこちらを見た。竹梨はボールペンを持ったまま親指で自分を示した。

「竹梨さんの携帯にお願いします」

電話を切るなり水元はイグニッションキーを回してエンジンをかけた。雨の中に白い湯気が上がるのが、ルームミラーごしに見えた。

「署に戻りますか？」

「だな。この手帳も、乾かしてちゃんと調べねえと」

移動中に署から連絡があった。溺死体なので顔が判別しにくいが、弓投げの崖で今朝あがった遺体は、中川徹である可能性が高いとのことだった。

（六）

「終わったぞ」

シロさんに呼ばれて鑑識課のドアを入ると、作業台の上に手帳が置かれ、その隣にヘアドライヤーが転がっていた。

「普通にドライヤーで乾かすんですね」

水元の言葉に、シロさんがじろりと目を向ける。

「ああ、誰でもできる」

そんなシロさんの目つきに気づきもせず、水元は全身に興奮をみなぎらせながら白手袋を装着した。竹梨も白手袋をはめて作業台の脇に立つ。鑑識官はみんな出払い、部屋にいるのはシロさん一人きりだ。雨が強いので、また交通事故が多発しているのかもしれない。

シロさんが手帳を乾燥させてくれているあいだに、弓投げの崖であがった遺体はやはり中川徹であることが確認されていた。過去に中川が車の運転で違反切符を切られた際、データベースに登録された指紋と、遺体の指紋が一致したのだ。中川の遺体は、海や川で見つかる多くの遺体同様、衣服はすべて脱げ、丸裸の状態で、もちろん所持品もなかった。絹川から入った解剖結果報告によると、肺に水を吸った形跡はなく、死因は頭部への強い衝撃による頭蓋骨骨折。何がその衝撃を与えたかについては、たとえば岩や石など、歪《いびつ》な形状のものである可能性が高いという。頸椎に大きな損傷は見られず、また傷の状態からも、即死ではなかった。つまり、もし弓投げの崖から飛び降り、岩に頭部をぶつけた上で海に落ちたとしても、肺に水を吸い込んだ痕跡は残っていたはずだ。したがって中川は、頭部に打撃を受けたあと、死亡してから水に沈められたということになる。海へ落とされたのか、あるいは川に落とされて海へと流れ出たのか。手帳が見つかった場所からして、後者であると竹梨たちは考えていた。死亡推定時刻は三日前の夜。つまり、竹梨たちがクレホームズで中川と会った二日後だ。

「乾かすために、紙を捲っていたんだがな、今週のスケジュールを書き込むページに、お前さんがたが興味を持ちそうなものがあった」

竹梨は手帳を手に取り、乾いてごわついた紙を捲っていった。そのページがひらかれた瞬間、隣で水元が息をのむのがわかった。

そこにはこんな絵と文字があった。

さらにその下に、いくらか滲んだ文字が綴られている。箇条書きのように二行。どちらも判読

不能なほどは滲んでおらず、それぞれこう読めた。

〝警察はいつでも業者に確認できる〟

〝5000〜1〟

筆跡は、ほかのページに見られる中川のものと明らかに同じで、それは絵とともに書かれた〝電話中に外した?〟の文字についても同様だった。

三人とも、しばし無言でそのページを見下ろした。同じタイミングで、天井に据えつけられた自動運転のエアコンが停まり、室内は完璧な静寂となった。やがて水元が「これ」と口をひらき、自分の声の大きさに驚いたようにボリュームを落としてつづけた。

「……遺体ですよね、宮下志穂の」

だろうな、と竹梨は頷いた。

「で、上のやつは、ドアの外に立つ中川さんと守谷さんか」

「でも、何なんですかこの絵?」

ふたたび三人で黙り込んだ。

今回最初に口をひらいたのはシロさんだった。

「〝警察はいつでも業者に確認できる〟ってのは……少々奇妙なメモじゃないか」

たしかに竹梨も、最初に見たときに同じことを思った。走り書きの雑な文字と、内容がそぐわないというか——ただのメモにしては少々余計な文字数を費やしているというか。

「台詞《せりふ》かもしれません!」

水元ががばりと顔を上げて竹梨を振り仰ぐ。

「自分の考えを話していいですか？　まずですね、宮下志穂は自殺ではなく守谷が殺した。そのことに中川が気づいて、守谷を脅迫しようとした。中川は守谷の携帯番号を知らなかったから、まず十王還命会に電話をかけて、それを訊いた。おそらく守谷につないでもらって、本人に訊いたんだと思います。中川からの電話に誰が出たとしても、さすがに勝手には教えないでしょうから。この手帳に守谷の携帯番号が書いてあったのは、そのときメモされたものです。そのあと中川は、相手が周囲の耳を気にせず話せるよう守谷の携帯電話にかけ直して、そこで脅迫を実行した。守谷が宮下志穂を殺害した証拠になるようなものが何かあって、それは、警察が何かの業者に……何かの確認をとれば明らかになるようなものだった。警察じゃなければそれを確認することはできないけど、もし自分がタレこみさえすれば、〝警察はいつでも業者に確認できる〟と言って、中川は守谷を脅した。この〝5000〜1〟は、金額です。守谷を脅迫して、自分が要求するつもりの。まさか五千円から一万円ってことはないだろうから、単位は〝万〟と〝億〟」

どうですかというように、水元は竹梨を見る。

「その……中川が摑んだ〝証拠〟ってのは？」

訊くと、水元は顔のパーツを真ん中に集めてかぶりを振った。

「それはわかりません。〝業者〟っていうのも、いったい何の業者なのか……でも自分、その証拠とか業者が、遺体のポーズと関係しているんじゃないかと思うんです」

「……ポーズ？」

「これ、実際とポーズが違います」

絵を指さす。

「宮下志穂はドアノブから延長コードで首を吊っていたから、頭はもっと低い位置にあったし、身体のほうも、こんなふうに横へ投げ出されないで、ドアにぴったり背中をつけていました」

「たしかにな」

ドアの隙間から見た宮下志穂の遺体を思い出しつつ、もう少し水元に話させてみようと、竹梨は手帳に顔を近づけた。

「〝電話中に外した〟の、〝電話〟ってのは？」

「中川が警察にかけた、通報の電話のことだと思います。その電話をしているあいだに、守谷が何かを〝外した〟。そのとき遺体のポーズが変わって、殺害の証拠も消えた。中川はそのことに気づいて守谷を脅迫し、殺された」

絵やメモの内容と、綺麗に辻褄が合っていた。

「守谷さんが宮下志穂を殺したとして……動機は何だ？」

「それは証拠そろえて逮捕して、本人に訊きましょう。竹梨さん、まずは令状とって、電話会社の通話履歴を調べたいんですけど、いいですか？　中川の携帯か、もしくはクレホームズの固定電話から、十王還命会や守谷の携帯番号に通話履歴があるかどうか」

（七）

宮下志穂のポジションを引き継ぐことになった吉住が、壇上での挨拶を終えた。竹梨はその様子を、ダテ眼鏡の奥からじっと見ていた。吉住は四十代の男性で、六年前に死亡事故を起こしたあの車を運転していた男だ。彼が一礼すると、集まった会員たちが周囲でいっせいに拍手をした。竹梨も同じように両手を叩き合わせた。

「私からつけ加えるべきことはありません」

吉住にかわり、ふたたび守谷が講壇に上がる。

「今後は彼が中心となり、いまこの場所にいる皆様とともに、この場所の外側で苦しんでいる方々を一人でも多く救うために、十王と交渉する手段を伝え広め——」

十王還命会蝦蟇倉支部の一階にある講堂だった。天井近くに切ってある窓から夕陽が射し込み、会場を斜めの直線で二分している。その直線がちょうどスポットライトのように、講壇に立つ守谷を照らしていた。

弓投げの崖の下で中川徹の遺体があがり、瑞応川の河原で彼の手帳が発見されてから、今日で二日。

手帳から検出された指紋は、中川のものと、発見者である釣り人のものだけだった。それが落ちていた瑞応川の河原および川底は、あれから鑑識によって念入りに調べられたが、けっきょく何も見つかっていない。シロさんも自ら現場作業に加わったが、収穫はゼロで、中川の服や持ち物も未発見のままだ。おそらくすべて水に沈んでいるのだろう。川底の捜索についてはいまも継続されているが、海底についてはせいぜい水際周辺しか調べることができない。もし服や持ち物が海に沈んでいるとすれば、発見はほぼ不可能と思われた。

中川の手帳に描かれた絵は、検視官の絹川にも見せた。遺体のポーズについて水元が訊ねたが、絹川によると、宮下志穂は発見時のポーズのまま死亡し、そのまま二日経って発見されたと見て間違いないとのことだった。

——じゃあ何でポーズが違うんだ……。

水元は頭を抱えて考え込んだが、その答えはいまだわかっていない。

いっぽう電話の発信履歴については重要なことが判明していた。まず中川徹のスマートフォンから、十王還命会の代表番号への発信があった。そしてその数分後、今度は守谷の携帯番号への発信があった。まさに水元が考えたとおりに。発信されたのはそれぞれ、四日前の午前十一時五分と、十一時十二分。死亡推定時刻が四日前の夜なので、中川は守谷と電話で話をした晩に死亡したことになる。

昨日、竹梨と水元はふたたび守谷に対する事情聴取を行った。向かい合ったのはこの支部の二階、前回と同じ支部長室だった。

——私の携帯番号は、宮下くんの遺体を見つけたあと、中川さんが玄関前でメモしていました。何かのためにと思い、私が教えたときに。

中川の手帳に携帯番号が書かれていたことについて、守谷はそう説明した。

——でも、中川さんはそのときご自分の携帯電話を持っていましたよね。誰かの電話番号を聞いた場合、普通はそっちに登録しませんか？

ソファーに座って例のタブレットを構えながら、水元は相手に食いかからんばかりに身を乗り出していた。いっぽうで守谷は落ち着き払い、いつもの温和な表情をまったく崩さなかった。

——普通というのがどういうことなのかわかりませんが、たしかにいまどきは、そういう人も多いかと思います。もしかしたら、中川さんはわりと古風だったのかもしれません。だからこそ、この古い町で不動産の仕事を成功させられたんじゃないでしょうかね。

ところが中川の不動産業に関しては、その時点ですでに、決して成功していたわけではないことがわかっていた。シロさんが乾かしてくれた黒革の手帳を精査したところ、スケジュール欄のあちこちに「返済」や「借入」の文字があり、クレホームズの経営状態を調べた結果、借金まみれでいつ倒産してもおかしくない状況だったのだ。中川は追い込まれ、多額の金が必要だった。社用車として乗っていたフランス車のルノーも、つい先月、業者に売却されていたことがわかった。社員たちはというと、中川から経営状態をまったく知らされておらず、車についても、修理に出しているると聞いていたらしい。

——中川さんとは、電話で何を話されたんです？

通話履歴に関して、水元がダイレクトに訊いた。しかし今度も守谷は鷹揚に声を返した。

——私が宮下くんの部屋の連帯保証人になっていましたからね。今後のことについてです。家賃の件ですとか、そういった。

――それは最終的にどういうことになりましたか？

――契約書の内容に準じて、すべて私が責任を持って対応するとお伝えしました。入居者が自殺で亡くなった場合、つぎの借り手がつきにくい可能性もあるということで、中川さんは損害賠償についても考えておられたようです。もちろんそれに関しても相応に対処させていただくとお答えしました。

――なかなか話し合いが難航しそうな内容ですね。

水元の言葉に、いえいえ、と守谷はデスクの向こうで微笑《ほほえ》んだ。

――はじめから、すべて誠意を持って対応するつもりがありましたので。

――なら、何で一時間以上もかかったんです？

通話時間についても、もちろんこちらはすでに把握していた。

――もっと短い時間ですみそうなものですよね？

すると守谷は、初めてうろたえたような顔をした。水元が、それまでよりもさらに身を乗り出した。守谷はしばらく黙ったあと、デスクの上で両手の指を組んで静かに訊ねた。

――彼の……お父様の件は？

水元も、竹梨も、答えなかった。しかし表情《かおいろ》から、こちらが把握していることを悟ったのだろう、守谷はつづけた。

――学生時代に哀しい出来事をご経験されてから、中川さんはお父上の死について苦しみ抜いてきました。もう一度会うことができればと思いつづけてきました。もちろん、私たち十王還命会の存在はご存じでしたが、やはり本筋の仏教でもなければ、キリスト教でも神道でもない新興宗教なので、何ですか、怪しげなイメージを持たれていたそうです。しかし今回、こうしたかたちではありますが、縁があった。そこで、入会についての相談を受けました。やはり、この世でもう一度お父様と会いたいという気持ちを、強くお持ちだったようです。

水元はもうタブレットにメモを取らず、ペンを握る右手に、ただ力がこもるばかりだった。

——憶測でものを言うべきではないのでしょうが、どうも彼がかけてきた電話は、そちらが本題のようでした。マンションの話は早々に終わり、あとはずっと入会の件で話をされていましたので。

中川が死んでいるいま、守谷の話が本当だったのかどうかはわからない。十王還命会は常に、家族を亡くした経験のある人間をリサーチし、奉仕部による勧誘を行っている。中川の父親が居直り強盗に殺害された件についても、以前から把握していた可能性はある。

「不動明王の羂索《けんじやく》に依りて彼《か》の人の御霊の——」

講堂に集まった人々による十王還命会の祝詞《のりと》がはじまった。竹梨はほかの会員たちといっしょに口を動かした。

——中川さんに、あれからお会いにはなりましたか？

水元が訊くと、守谷は首を横に振った。

——宮下くんのマンションでお目にかかったのが最後です。先ほどからお話ししている、その電話の中で、いずれ時間を合わせてお会いしましょうということにはなったのですが、残念ながら叶いませんでした。

――今週火曜日の夜はどこにいらっしゃいました？

中川が死んだとされる夜だ。彼は社員たちが全員退社した午後九時過ぎ、一人で会社を出たことが、入り口に設置された防犯カメラの映像によって確認されている。その後の足取りはわかっていない。

――この部屋で仕事をしておりました。

――ご自宅には？

――もちろん帰りましたよ。深夜でしたがね。

そう言ってから、守谷はきまり悪そうに笑った。

――いつも、帰宅は深夜になってしまいます。支部長をやりながら、経理関係も担当しているもので。家に戻るのが億劫《おっくう》になって、ここでひと晩を過ごすこともあるくらいです。

――そうしたときは、どこでお休みになるんですか？

そこですよ、と守谷は二人が座っているソファーを手のひらで示した。

「普賢菩薩の五鈷鈴《ごこれい》に依りて彼の人の御霊の――」

会員たちによる祝詞がつづく。響き合い、重なり合う声の中、現実がだんだんと自分から剝離していくような感覚に囚われ、竹梨はそれを意識して引き戻した。

守谷に訊くべきことをすべて訊き終えたあと、水元は前回同様、タブレットに目を落として黙り込んだ。しかし今回の沈黙は、何か危うい空気を孕《はら》んでいた。横からタブレットの画面に目をやると、そこには中川の手帳のページを撮影した写真が表示されていた。絵が描かれていた、あのページだ。絵の件については、当面は守谷を含め外部の人間に見せないよう指示しておいたのだが、水元は最後の切り札とばかり、いまにもタブレットの画面を相手に向けてしまいそうだった。竹梨は隣から手振りでそれを制した。どうやら図星だったらしく、水元の喉仏《のどぼとけ》が皮膚の下で何度か動き、やがて右手がのろのろとタブレットのスイッチを押して画面を暗転させた。

そのあとは竹梨が訊き手を交代し、守谷に二、三の質問をしたあと、水元を促して腰を上げた。水元のほうも、もう訊くべきことが思いつかなかったようで、あからさまに悔しげな顔で立ち上がり、竹梨とともに部屋を出た。

「薬師如来の薬壺《やっこ》に依りて彼の人の御霊を――」

今日は朝から別行動をとっている。水元のほうは、中川の手帳が見つかった瑞応川周辺の聞き込み、竹梨はクレホームズで社員たちから話を聞いてきたところだ。先ほど電話で結果を報告し合ったが、どちらも収穫はなかった。

祝詞が終わった。

途切れた声の反響が遠ざかると、身動きさえはばかられるような静寂が講堂に降りた。守谷は講壇で両目を閉じ、集まった会員たちは一様にその姿を見つめている。物音ひとつ聞こえず、まるでそこに置かれた一体の石像が、天井に昇って消えていこうとする静寂を、自らの重みで床に固定しているかのようだった。やがて守谷の瞼《まぶた》が静かに持ち上げられ、両目が真っ直ぐに竹梨を見た。ずっと前からそこにいることを知っていたように。守谷の目は、自分に何かを伝えようとしていた。その何かを読み取ろうと、竹梨は視線を重ねた。ホワイトノイズのように曖昧な耳鳴りが響いていた。いまにも本当に手足が動きそうになったとき、お疲れ様でした、と講壇の脇で声がした。先ほどの吉住が一礼し、つぎの集会の日程を連絡する。守谷は壇上で、まだ竹梨に両目を向けたまま、しかし不意に、やわらかく頬笑んだ。そうかと思うと、目を伏せながらゆっくりと身体を回し、講壇を降りて左手の階段へと向かう。周囲で控えめな会話がわき起こる。守谷の姿を視界の中心におさめたまま、竹梨は会員たちのあいだを抜け、その背中に近づいていこうとした。そのとき耳元で声がした。

「竹梨さん?」

水元だった。

驚いたその顔は、しかしすぐに共犯者的な笑いへと変わった。

「似たようなこと考えてましたね」

竹梨も相手と同じ笑いを返した。

「何か、見えてくるんじゃないかと思ってな……潜入ってわけじゃねえけど」

「入り口もノーチェックで、いかにも誰でもご参加くださいって感じだったし、べつに不法侵入でも何でもないですよ」

「これだけ人数がいりゃ、向こうも気づかねえわな。とりあえず出るぞ」

会員たちのあいだを縫い、二人で正面玄関を抜けて前庭に出た。

「敬礼でもされたらどうしようかと思ったぞ」

綺麗に刈られた芝生のそこここに、散りきったソメイヨシノの花びらが、まだいくらか落ちている。そこに二人の影が長く伸びる。

「そんな人、ほんとにいるんですか？」

「見たことねえな」

「自分が警察官だってことを、まわりに教えてるようなもんですからね」

近くに車が停めてあるというので、二人でそこへ向かった。水元は瑞応川周辺、こっちはクレホームズでの聞き込みだったので、共用の車は水元に使わせていたのだ。

「さっき守谷が、この場所の外側で苦しんでいる方々なんて言ってましたけど、どっちが外だかわかったもんじゃないですよね」

黙って頷き返したとき、子供の頃に見たタニシが、ふと竹梨の眼底をよぎった。

ボンビー先輩の出来事があった、いくらかあとのことだ。ソフトボールクラブのチーム全員で、自分たちがたどり着けなかった大会の決勝戦を見に行った帰り道。あれは何かの気遣いだったのか、引率の男性教師が全員にバスを途中下車させ、瑞応川の河原へ連れて行った。夏の日暮れだった。みんなが水切りの回数を競ったり、はだしになって川へ入ったり、ザリガニを探しているあいだ、竹梨は水際にしゃがみ込み、タニシが移動するのを眺めていた。タニシが歩いていたのは、驚いたことに水面で、身体は水中にあった。下から水面をとらえ、どこへともなく、じわじわと進んでいるのだった。それを眺めながら竹梨は、何か世界の内側と外側が逆転したような、憶えのない感覚の中で、じっと自分の呼吸音ばかりを聞いていた。

「脅迫……警察はいつでも業者に確認できる……」

車に乗り込むなり、エンジンをかけもせず水元が呟きはじめる。

「電話中に外した……遺体のポーズ……」

同じような呟きを、水元の口からもう数え切れないほど聞いていた。呟くたび、声に混じる息の量が増え、まるでどこかに風穴でもあいていて、それがだんだんと広がっているようだった。

「竹梨さんのほうでも、あれから何も思いついてないですよね」

イグニッションキーを差し込みながら訊く。

「ねえな」

答えを待ってから、水元はキーを回した。エンジンが動き出し、タイヤが小石を鳴らし、フロントガラスの中で景色が横へスライドする。路地を抜けて通りに出ると、西日に向かってまともに進むかたちになったので、二人してサンバイザーを下ろした。

「宮下志穂は……自分らが見た、あのポーズのまま死んだんですよね」

「絹川が言うにはな」

「でも絵の中ではポーズが違った」

「違ったな」

無意味な言葉をやり取りしているうちに、署の前まで到着した。

しかし水元は駐車場を素通りし、そのまま車を走らせる。

「どこ行くんだよ？」

「もう一回だけ、実験したいんです」

傍らの鞄から抜き出された水元の手には、宮下志穂の首に巻き付いていたのと同型の延長コードが握られていた。

「……駄目ですか？」

「駄目なわけねえ」

現場のドアを使った実験のことだ。宮下志穂が死んだときの様子や、守谷がそれを発見したときの様子を再現し、そこから何かを摑もうということで、もうすでに二度、実行していた。

「ありがとうございます」

フロントガラスの端に、建設が進むオフィスビルが見えた。建物はだいぶ出来上がり、てっぺんのタワークレーンはもう解体を間近に控えていた。

（八）

脚がぐらつく座卓を挟み、水元と向かい合っていた。

卓上には空になったビール缶が、卓球台のネットのように並んでいる。その向こう側とこちら側には、それぞれが飲んでいる日本酒の二合瓶と、つまみの袋。水元のつまみはチョコレートとポテトチップスで、竹梨のほうはサラミとさけるチーズだった。互いに背中を丸め、食い物をかじり、ときおり置き酌で自分のグラスに酒を注いだ。テレビ台の上に置かれたデジタル時計は、もう二時を回っている。

「懐かしいな……しつこいようだけど」

視点が定まりにくくなった目で、水垢の浮いた小さなキッチンや、低い天井や、その真ん中で光っている電灯のカバーや、狭いベランダに通じる掃き出し窓を見た。独身寮の調度類はどの部屋も同じで、入居者が替わっても使い回されるはずだが、カーテンの柄だけが竹梨の記憶と違っている。さすがに、どこかの時点で新調されたのだろう。

「竹梨さんは、何階でした?」

「一階だったな」

「寒くなかったですか?　こういう建物、普通は上のほうがあったかいって言うけど、ここ四階なのに寒くて寒くて。いまからこんなで、冬が来たら……いて」

身体をねじった拍子に水元が顔を歪めた。

夕刻から宮下志穂のマンションでさんざん実験を繰り返したが、二人が持ち帰ったのは筋肉痛と青痣《あおあざ》だけだった。

現場のドアを使った実験では、互いに役を交代しながら何度も実際の状況を再現した。遺体役は首に延長コードを巻きつけ、反対側をドアノブに結び、守谷役はその状態で外からドアを引いた。もちろん本当に首が絞まってしまうとまずいから、遺体役は延長コードと首のあいだに両手を挟んで事故を防いだが、なにしろそのコードが強く後ろへ引かれることになるので、手にしっかりと力を込めつづける必要がある。守谷役のほうも、内側に人間がくっついた状態でドアを十センチほど引くのはなかなか大変だった。

ドアが十センチ引かれたとしても、内側にぶら下がっている人間は同じ十センチ分を引きずられるわけではない。尻が後ろへ移動した距離を測ってみたら、毎回五センチほどだった。その五センチの差から水元は、ドアが異様に重たかったという守谷の証言に矛盾を見出そうとしたが、ドアは引いた瞬間から重たいことに変わりない。たとえドアの内側にくっついていたのが小柄な女性の遺体だったとしても、守谷の言葉に嘘はないかと思われた。

遺体役は、発見時に宮下志穂がとっていたポーズと、中川の手帳に描かれたポーズと、二パターンで実験した。また、〝電話中に外した？〟の〝外した〟は延長コードのことなのではないかと水元が言ったので、二人であれこれコードの結び方を変え、守谷役がドアの隙間からその結び目を外してみたり、コード自体をドアノブから外してみたりしたが、どれも意味はなかった。絵の中の遺体が、実際よりも高い位置に描かれていたことから、水元は首にコードを巻きつけたまま身体を上げたり下げたりしていたが、これも無意味に終わった。

――あのロボット犬に何かさせた可能性はないですか？

実験の後半で、とうとう水元はそんなことを言い出した。

――たとえば内側から鍵をかけさせたとか、延長コードをドアノブに結ばせたとか。

――本気で言ってんのか？

本気だったようだが、すぐに水元は、首を横に振って溜息をついた。

「このままだと、もう、ほんとに自殺ってことになっちゃいますね」

日本酒のグラスを覗き込む水元の目は淀んでいた。酒そのもののせいではなく、積もりきった落胆を、アルコールが何倍増しにもさせているのだろう。

「自殺だったんだよ」

言葉を返したとき、竹梨もまた、自分の両目が淀むのを意識した。瞼が弛緩し、視界が暗くなり、まるで天井の電灯が実際に光を弱めたように感じられた。

「少し前から考えてたこと、話していいですか？」

グラスを覗き込んだまま水元が訊く。

「いつも、思ったことぺらぺら喋ってんだろうが」

「今回にかぎっては、叱られそうだから、確認したんです」

顎で促すと、水元はワイシャツの胸をふくらませて息を吸い、それを吐き出しながら切り出した。

「もし警察関係者が十王還命会の会員だったら、そのことを人に言うと思いますか？」

短く考えてから答えた。

「まあ……言わねえだろうな」

ですよね、と水元は頷き、グラスの酒をひと口飲む。

「何の質問だよ？」

水元は上下の唇を噛んで黙り込んでいたが、急に顔を上げてこちらの目をまともに見た。

「代田さんが十王還命会の会員である可能性はないでしょうか」

あまりに予想外の言葉で、すぐには反応できなかった。

「……シロさん？」

「七年だか前に娘さんを病気で亡くされたんですよね。そのとき入会したってことはないですか？だって、宮下志穂が自殺じゃないとすると、やっぱりおかしすぎますよ。臨場のとき現場で何か見落としがあったか、わざと見落としたか……ほら彼女が自殺だって最初から言い張ってたのも代田さんでしたし」

「そりゃお前、経験から言っただけだろうが。わざと見落としたってのはどういう意味だ？」

「そのままの意味です。代田さんとか絹川さんは、自分ら刑事よりも先に現場を調べるじゃないですか。だから何だってできるじゃないですか。もし現場で――」

水元、と竹梨は遮った。

もっと大きな声を出すつもりだったが、失敗した。

「お前、おかしくなってるよ」

それでも、目の前で巨大な銅鑼《どら》でも鳴ったように水元は両目を広げ、そのまま十秒ほど動かなかった。白目に浮いた静脈と、下瞼のふちの濡れた赤みが、はっきりと見えた。

やがて水元は首を垂れ、すみませんと口の中で呟いた。

「聞かなかったことにしてください」

「そうしたいもんだ」

「ほんとにすみません。でも自分、嫌なんです、あきらめたくないんです、宮下志穂も中川徹もぜったい守谷が殺したんです。守谷は宮下志穂を殺して、そのことを中川徹に気づかれたからそっちも殺したんです」

だいぶ回りにくくなった口で、水元は言葉を並べた。竹梨はその顔を見た。その口を見た。唇の隙間から、整った歯列と、唾液で濡れた舌が覗いていた。何故だか急にその舌が、全身を濡らしてそこに横たわる別の生き物に見えた。

「自分、悔しいですよ。十王還命会はたぶんこれからも会員を増やして、みんなお布施だか献金だか会費だかわからないけど金を払って、守谷はあのでかい部屋で座って人を見下ろして、家族が死んだり恋人が死んだりした街の人は勧誘されつづけて」

「俺も——」

何か大きな、熟れ過ぎて腐りかけた果物を、自分が両手で摑み上げているような気がした。その両手をいまにも力いっぱい内側に向かって押しつけ、飛び散ったどろどろの果肉で、白い歯列の向こうにいる生き物を誘い出してやろうとしているように思えた。

「俺も、勧誘されたことがある」

水元の顔に浮かんだのは、哀れみだった。

「……そうなんですね」

「来たのは、宮下さんだった」

あれは十年以上前。非番の朝だった。

――このあたりのお宅を、順番に回らせていただいておりまして。

アパートの呼び鈴が鳴り、ドアを開けたとき、そこに立っていたのが彼女だった。地味なタイトスカートとジャケットを着て、度の強そうな眼鏡をかけ、背がひどく低いのが印象的だった。

――わたくし十王還命会の宮下と申します。

彼女は五分間ほど、ほとんど一人で喋りつづけたあと、B5判の冊子と名刺を置いていった。あの冊子や名刺はどこへやっただろうか。もう思い出せない。

「え、じゃあ竹梨さん、宮下志穂と面識があったんですか？　何で言ってくれなかったんです？」

「捜査に関係ねえだろ。会の蝦蟇倉支部ができたばっかりの頃だから、もう十二年も前の話だ」

マンションでの臨場が終わったあと、ストレッチャーに載せられた宮下志穂の遺体は、ブルーシートでつくられた目隠しのあいだを運ばれていった。シートに濾された光が彼女の顔を青白く照らし、その光のせいで、死んでいるのに若返ったように見え、かつて玄関先で見た彼女の顔に似ているような気がした。

「やっぱり、奥さんのあれで、勧誘に来たんですか？」

「どっかから聞いたんだろうな」

「ねえ竹梨さん」

水元は座卓の上にグラスを置き、そのグラスを包むように両手を添えた。

「もし奥さんの自殺に疑いがあったら、どうしてました？」

死ぬ数ヶ月前から、妻は心の病気を患って市内の精神科に通っていた。処方される薬の量はしだいに増え、これでは薬なしで生きていけなくなると、袋ごとすべてを生ゴミ処理機にかけてしまったり、そのことに慌てて病院へ車を飛ばしたり、それでも薬を減らしたくて、服《の》む量を勝手に半分にしたり、その反動で大量に服用してしまったりを繰り返していた。もっとも竹梨はそんな彼女の苦しみをこの目で見ていたわけではない。遅い時間に仕事から帰ったあと、あるいは宿直明けの朝、読経のように抑揚も切れ目もない口調で、本人から聞かされた話だ。

「ほかの先輩に聞いたんですけど、遺書もなかったんですよね？」

仕事の前後、ときには仕事の合間に、竹梨は懸命に妻をケアした。いつだって妻のことを心配し、話を聞き、電話をかけて具合を訊ねた。それなのに妻は、竹梨が宿直で帰らなかったある夜、手もとにあったすべての薬を服《の》み、部屋着のまま浴槽の水の中で死んでいた。十二年と少し前、竹梨が生クリームたっぷりのバースデーケーキを買って帰った、二日後のことだった。

「徹底的に調べようとはしなかったんですか？」

自分の頑張りは何の役にも立たなかった。あれだけ懸命に支えようとしたのに妻は死んだ。葬儀のあと、署員や親戚はみんな竹梨を慰めてくれた。妻側の親族も含め、竹梨の頑張りが足りなかったと責める人間は一人もいなかった。もし彼女に遺書を書く余裕があったなら、きっとそこには竹梨への感謝の言葉が綴られていたはずだと言う者もいた。彼らの言葉はすべて、たとえば念入りに調理された料理のようなものではなく、手持ちの食材をそのまま両手で与えてくれているような、一切の加工のない、生《なま》の言葉だった。

何も知らずに。

「……自分、また馬鹿なことを言いました」

座卓の向こうで水元が頭を下げる。

「すみません飲み過ぎました」

何も知らずに。

「でも、ああいった宗教に傾倒しなかっただけ、竹梨さんは強いです」

何ひとつ知らずに。

「自分は明日からまた、とにかく頭使って考えて、足を使って頑張ります。こういうツールもばんばん使って。捜査のやり方も、どんどん新しくしていかないと」

水元は傍らに置いてあったタブレットを座卓の上に置き、定まらない手つきで操作しはじめる。ブラウザのホームページに検索ワードを打ち込もうとして、何度か文字を打ち間違える。ぐらぐらと揺れる視界の中で、ホームページには無音の動画広告が流れ、名前を知らない女優の姿が逆さまに動いていた。

「遺書、あったよ」

え、と水元が顔を上げる。驚きではなく、竹梨の声が咽喉《のど》に引っかかったせいで、聞き取れなかったらしい。竹梨が黙って首を横に振ると、水元はまたタブレットに目を戻した。

妻の遺書はテーブルの上に置かれていた。風呂場で冷たくなった彼女を見つける前に、竹梨はそれを手に取った。三枚の便箋に、乱雑な字で、竹梨に対する恨みの言葉が書き連ねてあった。仕事ばかりで妻を顧《かえり》みなかったこと。妻の話を一度もまともに聞こうとしなかったこと。家にいるときも仕事のことしか考えず、苦しんでいる妻を苦しんだまま放置していたこと。妻の病気を迷惑がり、それを常に態度に出していたこと。

記憶の中の自分と、便箋に書かれた自分の、どちらが本当なのかわからなかった。文章を読み終えた直後、竹梨は浴槽に沈んでいる妻を見つけた。たぶんはじめはお湯だった水とともに、その身体は完全に冷たくなっていた。署に連絡する前に、竹梨は便箋を握りつぶしてゴミ箱に捨てた。

「ああくそ指が……はは」

あのとき自分はいったい何を捨てたのだろう。

便箋に書かれた、もう一人の自分だったのだろうか。

「いま十王還命会のホームページを見ようと思ったんですけどね、酔っ払って指がちょっと、すいません」

いや、捨てたのではない。守ったのだ。こうであると信じていた自分の世界を守った。違う、こうであってほしいと願う世界に、本当の世界を近づけようとした。小学校時代にチームメイトの千円札が消えたときと同じだった。あの日の試合中、あこがれて大好きだった土屋先輩がチームメイトのバッグから金を盗むのを自分は見ていた。だから、こっそりボンビー先輩のバッグに自分の財布から出した千円札を三枚入れた。あとで引率の教師が持ち物検査をしはじめるに違いないと思ったから。

水元は画面を睨みつけて口を半びらきにしたまま動かない。そこでは音のない動画広告がつづいている。つい最近自分もデスクのパソコンで同じものを見た。

「……竹梨さん！」

顔を上げた水元の口の中で、濡れた生き物が動く。

「宮下志穂の部屋のドアが施錠されてた理由、ものすごく簡単なことだったのかもしれません！」

上下に動きながら、だんだんとこちらに向かって近づいてくる。

「これ見てください、最近ずっと鍵のこと調べてたから出てきたんだと思うんですけど、スマートロックの広告です。スマートロックってあれです、ドアの内側の錠のつまみに両面テープとかマグネットでかぶせてつけて、カードとかスマホで開け閉めできるやつです。そうだマグネットだ！　宮下志穂に睡眠薬服ませて眠らせて、首に延長コードを巻いてドアノブにぶら下げて、そのコードに彼女の指紋つけて、ドアの内側にスマートロックをつけて外に出て施錠して、遺体を見つけたふりをしたときにドアの隙間からスマートロックを取り外してポケットかどこかに隠して」

躍るように動きながら、濡れた生き物が近づいてくる。

「中川はセキュリティー重視の物件を扱ってたからそのことに気づいて、警察がスマートロックの業者に確認すれば購入履歴で守谷の名前が出てくると脅迫して、そのせいで守谷に殺されて」

ぴたりと生き物の動きが止まる。

しかし、いまにも相手に飛びかかろうと身構えている。

「でも、手帳にあったあの絵は何だろう」

水元は両手を頭の左右に押しつけて宙を睨む。

「中川はスマートロックのことに気づいたから守谷に殺されて――」

若いその顔を、天井の明かりが白々と照らしている。

「あの絵はそのことを表してたはずで――」

言葉が途切れたその直後、水元の両目がふくらんだように見えた。

「……どうした？」

「あ、いえ」

「何だよ」

「すみません、何でもないです」

「言えよ」

けっきょく、水元は言わなかった。

しばらく経ち、竹梨は物音もしない宿舎を出た。

湿った夜の中を歩き、誰もいないアパートへと帰った。

眠らずに過ごした数時間後、署から連絡が来て、水元が独身寮の下で死んでいるのが見つかったことや、自室のベランダから落ちた可能性が高いという報告を受けた。竹梨は現場へ向かい、水元の遺体を目の前に、昨夜一時過ぎまで部屋でいっしょに酒を飲んでいたと周囲の警察官たちに話し、その際に捜査における行動の甘さや妄想に近い考えを強く叱責してしまったと説明し、嗚《お》咽《えつ》がこみ上げ、気づけば大声を放って泣いていた。いくつかの手が肩や背中にふれた。嗚咽はどうしても止まらなかった。もうどこにも二度と戻れなかった。自分はドラマで見た刑事になったのに、親戚の子供にあこがれの目で見てもらえたのに、結婚したときは奥さんが綺麗だとうらやましがられたのに、中学でも高校でも先生に成績を褒められたのに、ソフトボールチームではサードを守っていたのに、走ればクラスで一番速いときもあったのに、男の子のわりに言葉を憶えるのが早かったのに、生まれたときは可愛い赤ん坊だと驚かれたのに――。

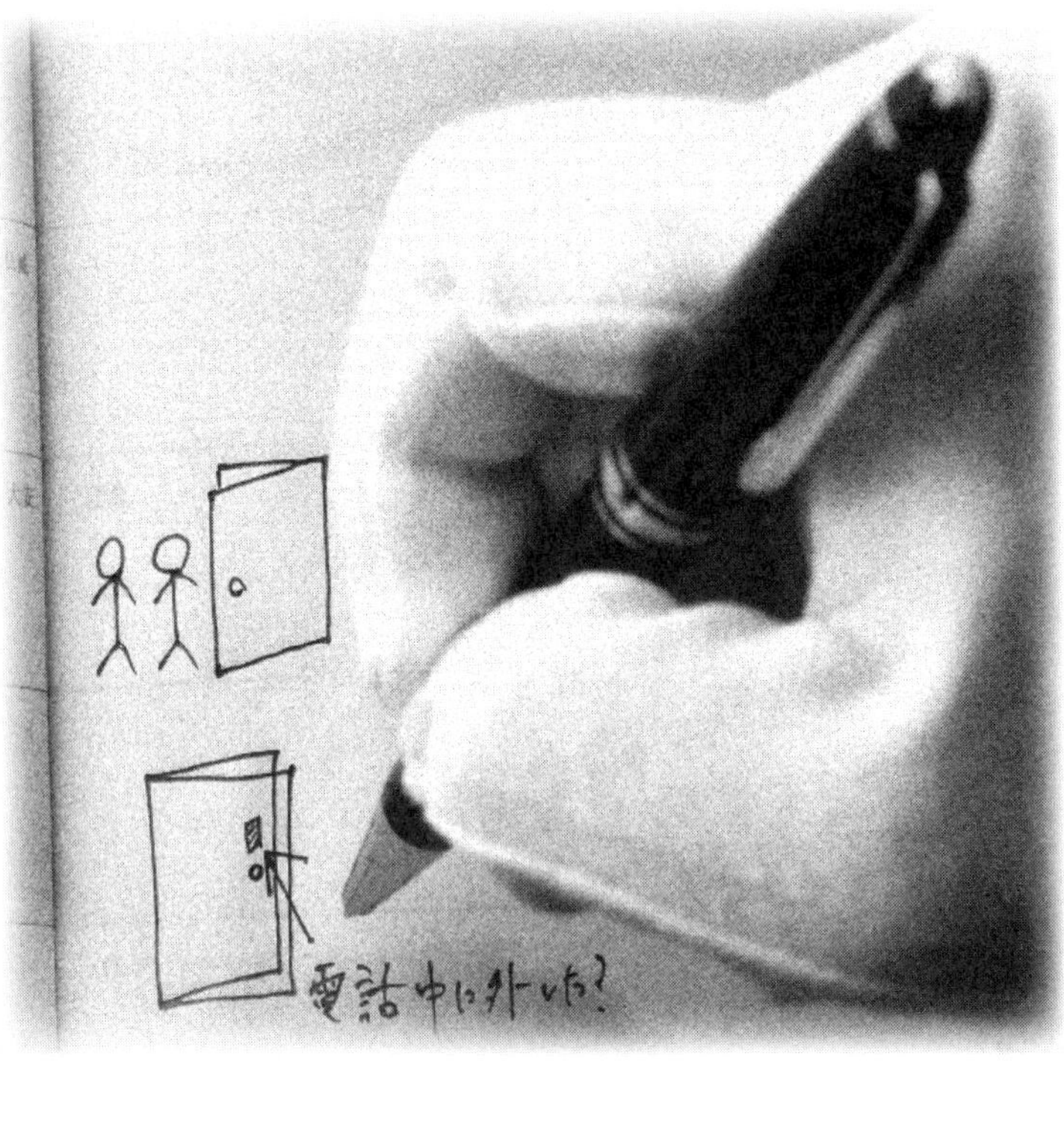

電話中に外いた?

終章

街の平和を信じてはいけない

（一）

海は凪《な》いでいるらしく、波の音が静かだった。

秋の海風も、棘《とげ》がなくてやわらかい。

乾いた潮のにおいをかぎながら、サイクリングコースに沿って歩いていくと、前から二台の自転車が近づいてきた。すぐ脇を過ぎ、背後に走り去っていく。あまりスムーズではないチェーンの音をさせながら、かなりのスピードを出していた。

たぶん、どちらも大人ではない。巻き起こった風の感じだと、身体は小さかったようだ。男の子の二人組だろうか。今日は日曜日だから、どこかへ遊びに行くところなのかもしれない。そんなことを考えていると、背後でブレーキ音が重なった。

二人が自転車を降りる音。

それぞれの自転車を引っぱって反転させる音。

「大丈夫ですか?」

少年の声が近づいてくる。

「どこまで行くんですか?」

別の少年の声。

二人とも小学校高学年くらいだろう。最初に話しかけてきたほうは、この国の生まれではないのかもしれない。かすかなイントネーションの具合から、そう感じた。普通の耳で聞き分けられるほどの違いではなかったが。

「みはらし公園に行くんだよ」

安見邦夫は白杖の先を目的地のほうへ向けた。

「連れていきます」

二番目の少年が言い、白杖を握る邦夫の手にふれた。困った人がいたら助けてあげなさいと、学校で教えられているのだろうか。いままで何度も一人で往復してきた道だし、みはらし公園まで歩くのもこれが初めてではなかったが、少年たちの親切を受け入れることにして、邦夫は頷いた。

「助かるよ」

笑いかけながら相手の手に軽くふれると、小指の付け根あたりに痛々しいケロイドがあった。火傷か怪我の痕のようだが、邦夫は気づかなかったふりをした。どうしてそんなことになったのかと訊ねられ、相手に対する冷たい怒りをおぼえた経験は、一度や二度ではない。

少年たちはその場に自転車を置き、邦夫といっしょに公園まで歩いてくれた。一人が右手を、一人が左手を引きながらだったので、傍目《はため》にはまるで、ごく最近視力を失った人間を案内しているように見えるかもしれない。その可笑しさに、知らず頰が持ち上がった。

「あそこの公園、新しいですよね」

ケロイドを持つ少年が言い、もう一人の少年がつづける。

「前はなかったですよね」

「今年の春に、できたばかりだよ。自分の目で見たことはないけど、すごく素敵な公園なんだってね」

弓子がそう言っていた。

閉じた瞼《まぶた》の内側で、邦夫は公園の風景を想像する。柵の向こうには弓投げの崖が延び、崖の先に海が広がり、海は空の色を映して青く輝き、きっとその風景は公園の名前を裏切っていないのだろう。とくに、身体中に太陽の光を感じる、こんな日は。弓子の話だと、公園の真ん中には明るい常夜灯が設置され、夜になると、ベンチや砂場や、小さな滑り台や、崖とのあいだに設けられた柵を照らしているらしい。

「危」という漢字は、崖から下を覗き込んでいる人間と、どうかやめてくださいと頭を下げている人間を表しているのだと、昔、何かの本で読んだのを憶えている。

頭を下げつづける人間を崖に配置するかわりに、市はあの公園をつくったのかもしれない。奥にある柵を回り込めば、いまも崖へ出ることはできるが、綺麗に整備された公園そのものや、そこで明るく光りつづける常夜灯の存在は、自殺者たちをためらわせるのに効果的だ。

「もっと早くつくればよかったのにね」

「でも、そしたら僕たち、こんなに仲良くなれなかったよ」

そんなことを言い合ったあと、少年たちが互いに含み笑いをするような息づかいが聞こえた。

「きみたちは、どこから来たの？」

遠くで海鳥が鳴いている。

「白沢市です」

「天気がすごくよかったから、自転車で遠くまで行ってみようって」

何年生かと訊いてみると、六年生だという。もしも直哉が生きていたら、いまは五年生だから、二人とは一学年違いだ。

「いまの子供は、いつも、どんなことをして遊んでるのかな」

かくれんぼ、とケロイドを持つ少年が小声で言い、まるでそれがひどく面白い冗談だったかのように、もう一人の少年が吹き出した。

「車の中とか？」

「約束を守るためなら、どこでも」

「そのおかげで、僕いまここにいられるんだもんね」

よくわからない言葉をやり取りしてから、二人は相次いで邦夫に答えた。

「僕たちいつも、電車公園とかで遊んでます」

「線路の脇にそういう公園があって」

「電車はべつに見えないんですけど」

「なのに電車公園って呼んでます」

久方ぶりの胸の軽さが、邦夫に冗談を口にさせた。

「僕だって、みはらし公園へ行っても、何も見晴らせないよ」

二人はくすくすと素直に笑い、邦夫の手を片方ずつ引きながら、サイクリングロードを歩きつづけた。

「ベンチに座りますか?」

公園の入り口を抜けたあたりで、一人が訊く。

「いや、ここでいいよ」

「帰りも大丈夫ですか?」

「大丈夫。人と待ち合わせをしているからね。親切にありがとう」

少年たちの靴が、砂利の地面をこすりながら離れていく。

しかし一人が立ち止まり、こちらに向き直る気配があった。

「あの……」

最初に話しかけてきた、イントネーションに癖があるほうの少年だ。邦夫は頬笑みながら首をかしげ、相手の言葉を待ったが、少年はしばらく黙ったあと、おずおずと言った。

「すみません、何でもないです」

二人の足音が、先ほど自転車を停めたほうへ消えていく。

邦夫は白杖で地面を確かめながらベンチに向かい、腰を下ろした。人の気配はどこにもなく、低い場所から波の音が聞こえてくるばかりだった。鼻腔から入り込む潮の香りを、しばらく味わったあと、腕時計の脇にあるボタンを押した。この七年間、日に何度も聞いてきた合成音声が、時刻を教えた。

「十一時、五十二分」

十二時ちょうどに、相手はここへやってくることになっている。

待ち合わせているのは、七年前の事件を隈島刑事とともに担当した、竹梨刑事だった。渡したいものがあると連絡したところ、アパートまで来ると言ってくれたのだが、どうしても家の外で話がしたかったので、邦夫はこの場所を選んだ。

竹梨に渡すのは、弓子が代筆してくれた、邦夫の告白文だった。

視力を失って七年、パソコンのキーボードも扱えるようになったし、音声入力で文章を書くこともできる。しかしこの告白文だけは、弓子の手で綴ってもらいたかった。邦夫の言葉の一つ一つを受け容《い》れた上で、それを文字にしてほしかった。

邦夫が話したとおりの内容を、昨夜弓子は洩らさず綴ってくれた。そうしているあいだ、彼女のすすり泣く声と、便箋にペン先があたる小刻みな音が休みなくつづいていた。昔の何倍も敏感になった耳で、自分たちの全身をなぶる雨風のように、邦夫はそれを聞いた。すべてを書き終えると、弓子は嗚咽《おえつ》の中で文章を読み返した。そして、五枚の便箋を封筒に入れ、邦夫はそれを受け取った。

七年前、蝦蟇倉東トンネルの出口で起きた事故。

ＲＶを運転していた梶原尚人。

その男に対して、自分がやったこと。

アオキ・モーターズというカー用品店に届けてもらった、白色のウィンカーランプのカバーを、邦夫は自宅で割り、大きな欠片《かけら》をあの事故現場に置いた。そして梶原尚人が現れるのを待った。来る日も来る日も、弓子がパートに出ている時間帯に、同じ場所で同じことをした。やがて、とう相手が現れたとき、用意していた石で、ためらうことなく撲殺した。

翌日、梶原尚人の仲間である森野浩之がアパートに現れた。殺したかった相手が、向こうからやってきてくれた。邦夫はカーボンシャフトの矢を握り、三和土《たたき》に立った。森野浩之はドアの向こうで脅しの言葉を吐きつづけていた。邦夫はチェーンをかけた状態でドアを開け、全身の力を込めて相手の胸に矢を突き刺した。声も立てずに森野浩之は死んだ。遺体を部屋に引きずり込んだとき、外廊下に残ってしまったらしい血の跡は、パートから帰宅した弓子が、泣きながら、壊れたように呼吸を震わせながら、プランターを置いて隠してくれた。その後、隈島刑事が部屋にやってきたときも、彼女は邦夫と二人で遺体をベッドに運び、厚い布団をかけ、見えないようにしてくれた。

翌日の夜、アパートの前で、あの死亡事故が起きた。

事故による騒動のあと、アパートを見張っていた竹梨刑事の車が消えていることに弓子が気づいた。深夜になっても戻ってこなかったので、邦夫は弓子と二人で森野浩之の遺体をシーツでくるみ、部屋から運び出して自転車に乗せた。

遺体を支えながら二人で自転車を押し、白蝦蟇シーラインのサイクリングロードをたどった。運んでいる途中で、人に目撃されても仕方がないと思っていた。しかし、誰にも見とがめられないまま、自分たちはこの弓投げの崖へとたどり着いた。崖の先端まで遺体を引きずったとき、それまでつづいていた重たい波音がふと途切れた。その唐突な静けさの中で、弓子が邦夫に打ち明けた。アパートの前で事故が起きた直後、包丁を持った若い男を警察が連行していくのを、彼女は見ていたのだという。おそらくそれが、最後の一人だったのだろう。森野雅也だったのだろう。しかし、警察に連れていかれた人間を殺すことはできない。いずれ解放されたとしても、その居所を突き止めて殺すだけの力は、もうすでに邦夫の中には残っていなかった。

完遂せずに終わった復讐の思いとともに、邦夫は自分一人の手で、森野浩之の遺体を海へ落とした。潮が遠くへ運んでくれたのか、遺体は見つからないまま、いまも森野浩之は行方不明とされている。

弓子には、二ヶ所だけ嘘を書いてもらった。森野浩之の遺体をベッドに隠したのも、後に運び出して遺棄したのも、邦夫一人でやったことにしてある。

長い告白文の中で、その二ヶ所だけが嘘だった。

おそらく警察は、弓子が真実を話さないかぎり、その嘘を信じてくれるだろう。ものが見えない状態で、邦夫は二人の人間を殺したのだ。遺体を移動させることも、遺棄することも、可能だったと判断してくれるだろう。

弓子を刑務所に入れるわけにはいかない。

嘘を書いてくれと言う邦夫の願いを、もちろん彼女は拒絶した。しかし、長い説得のあと、最後には受け容れてくれ、それまでよりもいっそう苦しげな泣き声を上げながら、告白文を書き上げた。三つ折りにしてクラフト封筒に入れられた、五枚の便箋。

それをいつ警察に渡すかについては、まだ決めていないと弓子には言ってある。彼女はいま、一人で散歩に行ってくるという邦夫の言葉を信じ、アパートで待っている。いつまでも帰らない自分を、おそらく何時間も待つことになる。しかし、やがて玄関のドア口に立つのは、邦夫ではなく竹梨刑事だ。

「お久しぶりです」

声がして、足音が近づいてきた。

邦夫は座ったまま頭を下げ、ベンチの隣を示した。竹梨刑事はゆっくりとした動作でそこへ腰を下ろした。

「お電話をいただいたときは、驚きました」

手提げ鞄のようなものを持っていたようで、それをベンチに置く音がする。

「こちらからご連絡したのは、初めてでしたからね」

首もとから聞こえるかすかな衣擦《きぬず》れの音で、竹梨刑事が頷いたのがわかった。そのまま邦夫の横顔に目を向けて黙り込む。相手の目線まで感じ取れるようになったのは、いつからだろう。

邦夫は上着の内ポケットに手を差し入れた。

「七年前の事件について、私なりの思いを綴ってみたんです。もちろん自分で書いたわけではなく、妻に代筆してもらったんですが」

クラフト封筒を取り出し、相手のほうに差し出す。

「これを刑事さんに読んでいただきたくて、ご足労をお願いしました」

封筒を受け取った竹梨刑事は、しばらくしてから訊いた。

「これは、いま読んででも？」

邦夫は首を横に振った。

「封を開けるのは、私と別れてからにしてください。目が見えなくても、目の前で読まれるのは、やはり少々抵抗がありますので」

警察へ行って告白をせず、すべてを文章にした理由。

そして、自宅ではなく、外でそれを刑事に渡す理由。

それらは同じものだった。

家でも、警察でも、自分は死ねない。

「承知しました」

ファスナーが二度鳴り、そのあいだに、ものがこすれる音がした。封筒を鞄に仕舞ってくれたらしい。

あとは、相手が立ち去るのを待ち、崖とのあいだにある柵を回り込むだけだ。その先は地面が荒く、もしかしたら背の高い雑草なども生えているかもしれない。しかし崖のへりまでたどり着くのは簡単なことだろう。白杖も必要ない。ただ波の音に向かって進めばいい。

綺麗に整備されたこの公園が、自殺者をなくすためにつくられたのだとしても、目の見えない人間にとっては、もちろん無関係だった。

「用件は、それだけです。こんな場所までわざわざ来ていただき、ありがとうございました」

「いえ、安見さんのほうこそ……」

たいていの人と同じように、竹梨刑事は言葉に迷って言い淀んだ。

人が来ないうちに、この場を去ってもらわなければならない。申し訳ないとは思いつつ、邦夫はそれ以上余計な言葉を口にしないまま、相手が立ち上がってくれるのを待った。しかしそのとき二台の自転車の音が近づいてきて、公園の入り口で止まった。

一人が自転車を降りる。

「誰か、来ましたね」

邦夫が呟くと、竹梨刑事は不思議そうに声を返した。

「ええ、子供です。安見さんのこと見てますけど……お知り合いじゃないですかね？」

足音が近づいてくる。

しかし、ベンチから少し離れた場所で止まる。

「あの――」

その声で、先ほどの少年だとわかった。言葉に独特のイントネーションがあるほうの子だ。

いったい何をしに来たのだろう。

唇を結んだまま黙っていると、思いがけない言葉が耳に飛び込んだ。

「安見先生ですか?」

邦夫は曖昧に頷いた。

すると少年は、ためらいがちに自分の名前を口にし――その瞬間、まるで水面にインクを落としたように、脳裏に記憶が広がった。七年間ずっと、思い出すこともなかった記憶。保育士として働いていた頃の思い出。笑っていた、泣いていた、眠っていた子供たちの顔。その中に、この子の顔があったのはいつだった。

ちょうど七年前。あの出来事があったとき、勤め先の白沢保育園にいた男の子。中国から家族でやってきて、言葉の不自由さから、みんなにからかわれていた子。嫌なあだ名をつけられ、いつも隠れて泣いていた子。邦夫の記憶の中で、少年は涙に濡れた目を上げ、弱々しい視線でこちらを見た。

いま、彼はどんな目をしているのだろう。

どんな表情で生きているのだろう。

「久しぶりだね」

唇から言葉がこぼれた。

声は返ってこない。そのまま少年は何も言わず、静かな空気ごしに、戸惑うような息遣いだけが耳に届いた。

「交通事故で、見えなくなっちゃったんだ」

邦夫は頬を持ち上げ、両手で自分の目を指さした。

「そうなんですね……」

ようやく少年の声が聞こえた。

「きみは、あれから元気だった？」

はい、と答えてから、その声が急にはっきりと、強くなった。

「あのとき、ありがとうございました」

言われた言葉の意味を、邦夫はしばらく考えた。

「僕が……何かしたかな」

「助けてくれました。僕がみんなにいじめられてるとき、安見先生だけが気づいてくれて、みんなのこと怒ってくれて」

そう、そんなことがあった。

「急にいなくなって、ごめんね」

保育園で働くことができなくなったとき、邦夫が園からいなくなった理由を、子供たちにはとくに説明しないつもりだと園長は言っていた。特殊な事情なので、仕方のないことだった。以来、この七年間ずっと、それまで見てきたたくさんの園児たちのことを、自分は忘れていた。いつも心配していたはずの、この子の顔さえ、一度も思い出すことなく過ごしてきた。

「先生がいなくなったあと、またいじめられました」

少年はそう言った。

しかし、邦夫が言葉を返す前につづけた。

「でも先生のおかげで我慢できたんです。先生が守ってくれたことを憶えてたから」

恥ずかしそうな、しかし、しっかりと相手に聞かせようという意思が込められた声だった。その声は、邦夫の胸めがけて真っ直ぐに放たれ、まるでベンチに釘付けにされたように、邦夫は動けなくなった。

チン、と公園の入り口で自転車のベルが鳴る。

少年はもう一度邦夫に礼を言うと、背後で待つもう一人の少年のほうへ、小走りに戻っていく。

「大切なお仕事をされてきたんですね」

隣で竹梨刑事が、吐息のまじった声を聞かせた。

「あの子、すごく素直に笑ってます」

黙ったまま顎を引くのがせいいっぱいだった。相手もそれ以上言葉をつづけず、ただ大きくひとつ呼吸をした。公園の入り口で、少年たちが自転車のサイドスタンドを蹴り上げる音がする。

「ん……それ、危ないんじゃないか？」

竹梨刑事が立ち上がってベンチを離れていく。彼は自転車のチェーンのことで、少年たちに何か言ったが、いつもなら容易に聞き取れるはずのその声も、いま邦夫の耳には、曖昧な母音の連なりとして届くばかりだった。少年たちが互いに短い声を交わし、竹梨刑事が笑う。三人でその場にしゃがみ込むような気配。自転車のチェーンが回る音。それを聞きながら、気づけば邦夫は、竹梨刑事が座っていたほうへ手を伸ばしていた。指先にふれる革鞄の感触。ファスナーの留め具を探り、それを横へずらす。鞄の中に手を差し入れる。指先が封筒に触れる。邦夫はそれを抜き出して上着の内ポケットに入れた。

「トンネルの先を左に曲がって、四番目の角を右に入ると商店街に着くよ」

竹梨刑事の声が、ふたたびはっきりと耳に届いた。

「そこの角にあるレンタルサイクル店で訊いてみるといいんじゃないかな。自転車販売もやってるから、調整してくれると思う」

ありがとうございました、と少年たちが声を重ねる。

自転車の音が遠ざかり、竹梨刑事がこちらに戻ってくる。

「自転車が古くなると、チェーンってどうしても緩んじゃうんですよね」

もう少しだけ。

もうほんの少しだけ。

「安見さんは、これからどちらへ？」

さっきまで座っていた場所に、竹梨刑事が腰を下ろす。

「もしあれでしたら、お送りしますけど」

預かったはずの封筒が鞄から消えていたことで、きっと竹梨刑事は、自分に連絡をしてくるだろう。それまででもいい。それまででもいいから、弓子といっしょにいたい。二人で時間を過ごしたい。話がしたい。

「いえ、一人で大丈夫です」

邦夫はベンチから立ち上がった。

「妻が待っているので、これで」

（二）

安見邦夫が立ち去った公園に、竹梨は一人残った。

ベンチの背もたれに腕をのせて振り返り、柵の向こうに延びる弓投げの崖を見ていた。

あの崖には、死んだ人間の霊が集まっているのだという。七年前、蝦蟇倉東トンネルの出口で何者かに撲殺された梶原尚人も、その中にまじっているのだろうか。彼が車に放置して息絶えさせた、直哉くんもいるのだろうか。

傍らの革鞄に目を落とす。

先ほど安見邦夫から受け取った封筒が、そこには入っている。

いったい何が書かれているのか、竹梨には上手く想像ができなかった。七年前のあの事件について、安見邦夫はいま何を思うのだろう。少なくとも言えるのは、月日が経っているとはいえ、話すのはとても苦しいことだったに違いないし、それを書き留めた安見弓子もまた、同じくらい苦しかっただろうということだ。

それ以上は、想像できるはずもない。

自分のような人間には。

先ほど受け取った封筒には、ある程度の厚みがあった。便箋が三つ折りになっていたとして、五枚か、六枚か。

一年と少し前に自分が書いた文章と、ちょうど同じほどの長さを持った文章が、そこには綴られているのかもしれない。同じほどの文字数が費やされているのかもしれない。

竹梨は目を閉じた。ひたいの内側、こめかみの中間あたりで、船の汽笛に似た、低く切れ目のない音が生じていた。その音がしだいに広がって頭蓋骨を満たした。

文章の長さは同じくらいだとしても、内容はまったく違う。

一年と少し前、自分が便箋に綴ったのは、告白文だ。妻の病気と自殺。ゴミ箱に捨てた彼女の遺書。十王還命会との出会い。宮下志穂が遺体で発見されたあの事件。その捜査中に自分がやったこと。そして、水元が転落死した夜、自分がやったこと。

独身寮の下で冷たくなった水元の遺体を見た数日後、竹梨はそれらをすべて便箋に綴った。隈島にもらったあのボールペンで書いた、たぶん一番長い文章だった。

七年前の出来事についても、そこには書き添えてあった。ゆかり荘の前で起きた死亡事故。課長に命じられ、安見弓子の部屋を張っていた自分の目の前で、あの事故は起きた。自分は唯一の目撃者だった。アパートの前を走り過ぎようとした車は、明らかに法定速度を超えていたが、目撃者として交通課の刑事たちに証言をしたとき、竹梨は嘘をついた。車はそれほど速度を出していなかったと。あれは回避不可能な飛び出しかただったと。

車が十王還命会のものだと知っていたからだ。

刑事である竹梨の証言は全面的に信用され、運転手の吉住は過失運転致死傷の罪を免れた。絶対に許されない、それらの行いを、竹梨は洩らさず便箋に書き綴った。しかし勇気がなかった。毎日のように警察署へ行き、刑事課で働きながら、封筒を鞄から取り出すこともできなかった。表に署長の宛名を書き、切手を貼りつけてもみたが、それをポストに投函することさえできなかった。

けっきょく封筒は、一年以上が経ったいまも、この鞄に入れられたままだ。

目をひらき、傍らの革鞄を引き寄せる。先ほどファスナーを閉め忘れたらしく、鞄の口があいていた。竹梨はそこへ手を差し入れ、のろのろと中を探り、しかしすぐにその手を止めた。

襟首を摑むように、鞄を膝に引っ張り上げ、ファスナーを端まで開けて中を見る。雑多な持ち物にまじって封筒が見える。これは先ほど邦夫から受け取ったものだ。

もう一つの封筒が、どこかへ消えていた。

(三)

邦夫は蝦蟇倉東トンネルを歩いていた。

白杖で地面を確かめながら、弓子が待つアパートに向かって。

どうしてか、耳の奥に、竹笛と太鼓の音が聞こえていた。七夕祭りが近づくと、いつも街の空に響く音。祭り囃子の練習をしている音。

かつては毎年、家族三人で商店街の七夕祭りに出かけた。直哉が初めて自分で買い物をしたのも、あの祭りだ。

死ぬ前年、三歳のときだった。

邦夫が渡した二枚の百円玉を、直哉は右手に握り、あんず飴の露店に一人で近づいていった。両足をぎくしゃく動かし、両手を必要以上に前後に揺らしながら。直哉がほしかったのは、あんず飴ではなく、すもも飴でもなく、缶詰のみかんを包んだ飴だった。しかし露天商の男性は、直哉の小さな声を聞き取れなかったようで、渡されたのはすもも飴だった。直哉の横顔が哀しそうに歪《ゆが》むのが見えたけれど、それはほんの一瞬のことで、こちらを振り向いたときにはもう、その顔は買い物に成功した嬉しさでいっぱいだった。走り出さないように、でもなるべく早く進むように、直哉は両足を小刻みに動かして邦夫と弓子のもとに戻ってきた。緊張したかと訊くと、その言葉を知らなくても、意味はなんとなくわかったらしい。直哉は唇を結び、顎を持ち上げながら、かぶりを振った。それでも、邦夫が抱き上げると、汗ばんだシャツの中で、華奢な肋骨の内側で、小さな心臓が驚くほど激しく鳴っていた。手に入れたすもも飴を、そのあと直哉は美味しい美味しいと言いながら囓《かじ》っていたけれど、たぶん嘘だったのだろう。ぜんぶは食べきれず、半分ほどになったすもも飴は、弓子が食べ終えた。そのときも直哉は、あげる、と言いながら、まるで自分の行為を自慢するように、得意げな顔だった。やわらかな前髪が汗でひたいに張りつき、両目にはまだ、初めての買い物の余韻が残っていた。

海風がトンネルの終わりを告げた。

祭り囃子もどこかへ消え、あたりには、遠い波音と、空気にこだまするカモメの鳴き声が聞こえるばかりだった。

立ち止まり、顔を上に向ける。瞼《まぶた》を持ち上げて両目を太陽にさらすと、視界いっぱいに、形状を捉えられない白黒まだらの光景が広がった。自分を取り囲むこの世界に、これまでも、いまも、人知れず生じつづけている数知れない破綻と再生を、目のあたりにしているように思えた。邦夫は両腕を垂らし、太陽の光を顔と胸に受け、その光景に自分のすべてをゆだねた。

もう少しだけ。

いつまでかはわからない。

でも、もうほんの少しだけ。

上着の内ポケットに右手を差し入れ、封筒を取り出す。両手の指先に力を込め、片手を前に押しやって、中の便箋とともに封筒を引き裂く。もう一度。もう一度。見えない両目から涙が溢れ、顎を伝って落ちた。小さく千切れた封筒と便箋を、邦夫は二つの手のひらにのせた。顎から落ちた涙が、地面にふれてかすかな音を立てた。生きている時間を数えようとするように、その音はつづけざまに聞こえてきた。耳をすますことも、ふさぐこともできず、邦夫はただ空を仰ぎ、白黒まだらの世界に目をこらした。

不意に強まった海風が、邦夫の両手から封筒と便箋の切れ端を奪い去っていった。

（四）

膝の上に革鞄をのせたまま、竹梨はベンチから動けずにいた。

自分はあの封筒を、どこかへ落としたのだろうか。あるいは署内で鞄から書類を取り出す際、その書類のあいだにでも挟み込まれてしまったのだろうか。

いずれにしても、そのうちわかるだろう。

どこかへ落としたのなら、きっと拾った人がポストに投函してくれる。もしそうならず、封を開けて中を見られてしまったとしても、構わない。便箋に書かれた内容は、何らかのかたちで確実に警察の耳に入ってくれるに違いない。あるいは、署内のどこかにあったとすれば、見つけた署員は封筒の宛名を見て、署長に届けてくれる。封筒に裏書きはしなかったので、自分のもとへ戻ってくることはない。

さっきまで頭蓋骨を満たしていた、あの船の汽笛に似た切れ目のない音は、いつのまにか消えていた。竹梨は大きく呼吸をし、革鞄に手を差し入れた。まだ時間が残されているうちに、頼まれたことを実行しておきたかった。

波音とカモメの声を聞きながら、邦夫から渡された封筒を手に取る。封を開けると、中には三つ折りにされた五枚の便箋が入っていた。それを見た瞬間、竹梨はふたたび動けなくなった。

脳裏を満たすものは、ただ、困惑だった。

（五）

「チェーン、ただで直してくれたね！」

自転車をこぎながら、珂は隣を走る山内に声を飛ばした。山内も、二人のあいだを吹き抜けていく風に負けないよう、大声を返した。

「二台分でゼロ円！」

「あの自転車屋のおじいさん、いい人だね！」

「公園にいたおじさんも、チェーンのこと教えてくれて！」

「自転車屋の場所も教えてくれて！」

親切で優しい大人が、世の中にはたくさんいる。それが嬉しくて、力強くて、珂はぐんぐんペダルをこいだ。チェーンを締め直してもらったおかげで、さっきまでよりも両足の動きがしっかりとタイヤに伝わっている気がする。

「新しい自転車ほしいなあ」

半笑いの山内の声が、風の向こうから聞こえる。

「ほしいね」

自分も同じ声を返す。

料理の味がレベルアップしたのか、それとも街の人が美味しさに気づいてくれたのか、最近は店に少し客が増えてきたので、もしかしたらそのうち新しい自転車を買ってもらえるかもしれない。でも、山内が新しいやつを買ってもらうまでは我慢しようと、珂は決めていた。

　町並みを眺めながら、秋の風を受けて走る。身体中にエネルギーのような、光のようなものが行き渡り、自分ではなくそれが両足を動かしているように思える。久しぶりに会った安見先生に、ずっと伝えたかったお礼を言えたせいもあるのかもしれない。先生の目が見えなくなっていたことは、とても哀しかったけれど、安見先生ならきっと頑張って、また誰かを勇気づけたり、笑顔にさせたりしてくれる。自分自身のことも、勇気づけたり笑わせたりできるに決まってる。

「街の景色って、なんかいいね」

　自分の気持ちが上手く言えなかった。誰でも知っている、ぴったりの日本語があるような気がするのに、思い出せない。でも山内はこっちを向いて頷いてくれた。

「ね、いいよね」

　珂の髪の毛は風で掻き上げられ、ひたいも、耳の上も、ぜんぶが太陽に照らされていた。隣を走る山内の汗ばんだ顔も、真っ白に光っている。それを見ていると、さっき言いたかった言葉をやっと思い出した。

「平和っていうか」

　山内も太陽に鼻先を向けて声を飛ばす。

「ね、平和っていうか」

初出

「弓投げの崖を見てはいけない」(『蝦蟇倉市事件1』東京創元社)
「その話を聞かせてはいけない」(「オール讀物」二〇一八年五月号)
「絵の謎に気づいてはいけない」(同　二〇一九年三・四月号)
「街の平和を信じてはいけない」書き下ろし

装丁　城井文平

道尾秀介（みちお・しゅうすけ）

一九七五年生まれ。二〇〇四年『背の眼』で第五回ホラーサスペンス大賞特別賞を受賞しデビュー。〇七年『シャドウ』で第七回本格ミステリ大賞受賞。〇九年『カラスの親指』で第六二回日本推理作家協会賞受賞。一〇年『龍神の雨』で第一二回大藪春彦賞、『光媒の花』で第二三回山本周五郎賞を受賞。一一年『月と蟹』で第一四四回直木賞受賞。近著に『スタフ staph』『サーモン・キャッチャー』『満月の泥枕』『風神の手』『スケルトン・キー』など。

いけない

二〇一九年七月一〇日　第一刷発行
二〇一九年七月二五日　第二刷発行

著　者　道尾秀介《みちおしゅうすけ》
発行者　大川繁樹
発行所　株式会社 文藝春秋
〒一〇二―八〇〇八
東京都千代田区紀尾井町三―二三
☎〇三―三二六五―一二一一
印刷所　凸版印刷
製本所　大口製本

ISBN978-4-16-391051-2